Del vivir

Apuntes de parajes leprosos

Gabriel Miró

A la memoria del ingeniero Don Próspero Lafarga

«...Huyen lejos de mí.

...Porque abrió su aljaba, y me afligió.

...Reducido soy a la nada; arrebataste como viento mi deseo y como nube pasó mi salud.

...Y ahora, dentro de mí mismo, se marchita mi alma y me poseen días de aflicción.

¡Humanidad! ¡Clamo a ti y no me oyes; estoy presente y no me miras!».

(Libro de Job, cap. XXX)

- I -

Sigüenza, nombre apartadizo que gusta del paisaje y de humildes caseríos, caminaba por tierra levantina.

Dijo: «Llegaré a Parcent».

-Parcent es foco leproso -le advirtieron. Y luego Sigüenza fingiose un lugarejo hórrido, asiático, en cuyas callejas hirviesen como gusanos los lazarinos.

Fue avanzando. Cada pueblo que veía asomar en el declive de una ladera, entre fronda o sobre el dilatado y rozagante pampanaje del viñedo, le acuciaba el ánima. Y decía: «Ya debo encontrar la influencia de aquel lugar miserable, donde los hombres padecen males que espantan a los hombres y mueven a pensar en aquellos pueblos bíblicos maldecidos por el Señor».

Sigüenza se revolvía mirando y no hallaba el apetecido sello del dolor cercano.

Cruzaba pueblos, y en todos sorprendía igual sosiego. A las puertas de las casas, mujeres tejían media; trenzaban pleita de palma o soga de esparto; peinaban a rapazas greñudas, sentaditas en la tierra, casi escondidas en las pobres faldas.

Cegaban, dando sol, las puertas forradas de lata de las iglesias. En el dintel verdinegro, desportillado y bajo angosta hornacina, está el*Patrono* plasmado inicuamente en cantería. Por sus pliegues y tendeduras salen hierbecitas gayas que florecen; después, amarillean, se agostan; y secas, firmes como cardenchas, viven con el santo longura de días.

Era en el valle del Jirona.

El paisaje luce primores y opulencias; tiene riego copioso.

Rompen los vinales huertas cuidadas como jardines de casas ricas. En las lindes de vastedades plantadas de legumbres, verdean liños infinitos de lujuriantes y caprichosas moreras.

...Y andaba Sigüenza; es decir, él no: el arriero y su asno, presto a entesar las orejas grises, velludas, remedadoras de hojas de pita, por la aparición de otro de su especie que ya lanzaba su trompeteo atronante, ya pasaba callado, cabeceando y con mirar doliente. Sus guías decían «adiós» y se alejaban, vuelta la cabeza, fijos los ojos en el hombre apartadizo que gusta de soledosos campos y lugares.

Se hacen junto al camino los cementerios; cercadillos de piedras viejas; sus cruces oxidadas, algunas puestas en aspa por el viento, linean sobre el azul. En un camposanto se arrinconaban tres cipreses enhiestos y uno torcido, ralo, cayente, rota la cima angulosa de negral verdor. Fuera, junto a las tapias y entre un herbazal crespo, florecía en diminutos cálices colorados, flavos y albirrojos una muy viciosa y aromante espesura de dondiegos.

Los almiares, panzudos o largos, como muros de oro, reposan cerca de las masías de rudos remiendos y saledizos. Sigue el sequero de uvas que muestra el fondo negro de sus pórticos. Todo lo ha torrado el sol.

Sigüenza mira con agrado estos casales, expresivos como rostros de labriegos. Los ve emerger de los sembrados, asomar entre greñas verdosas, altear limpiamente en la montaña.

Hombres casi desnudos cavaban en el pardo manchón de un eriazo.

Altos y firmes estaban los maizales; sus hojas, cintas largas y caedizas, se movían suavemente. Pero no eran muchos. La viña, la viña invadíalo todo, derramándose en lagos anchurosos -a lo lejos serenos y rasos-, haciendo verdes turgencias de los cerrejones y altozanos; ordenándose en anfiteatros de pámpanos al caer por los márgenes de los bancales de sierra. Y frecuentemente tropieza la mirada en un vallado de verdor espeso: es el cañar que ciñe al río.

Cerca de Sagra, en una acequia ancha, había mujeres lavando ropas, fregando cucharas de madera, cacerolas, dornajos. En el abrigaño de un remanso solazábanse dos patos. Sus piecezuelos amarilleaban bajo la limpia agua; sus picos aplastados hundíanse indagadores en la fina pluma de sus pechos; se zabullían, se asperjaban, tornaban a la quietud, y todo con gran encogimiento.

Detuvo Sigüenza su bestia y los miró, y los hubiera mirado espaciosamente porque placía de la calma y seriedad de aquellos seres, dichosos en el dulce retiro del remanso, que altas cañaveras y un juncar recatan y ensombrecen. Pero las mujeres que lavaban advirtieron con pasmo la estada, y el guía admirola también..., y todos hicieron risa de ver al viajero detenido en la contemplación de los simples ánsares.

El jumento, que pastaba en la orilla, recibió aviso en su alongado cuello. Y marchó.

A poco se alzaron gañidos lastimeros y voces jubilosas.

En el remanso, una pella de rapaces armados de carrizos acosaba a los patos, que saltaron a lo enjuto y huyeron por un pomar, cojeando, aleando, infundiendo remordimientos en el alma de Sigüenza.

«¡Yo fui señuelo de las demasías de los rapaces!», pensó. Ved cómo en la región del dolor, la primera tristeza gustada por Sigüenza la produjo él mismo.

...Iba cerca de un mazo de chopos muy apretados abajo, pero que se abren en la altura, imitando un abanico de árboles. La hojarasca temblaba bellamente. Los más caídos y un fondo de cielo se espejan en amplia fontana que allí nace, como puesta por artificio.

Mengua desde Sagra el riego.

De rato en rato, se levanta la negra osamenta de una noria quieta y callada o gemidora al rodar.

Es todo el campo viñedo, y entre los pámpanos rojea fuertemente la tierra.

Llegó Sigüenza a Orba. La primera calle, larga y costanera, remata en la plaza. Sobre una pared se apoyaban dos ruedas grandes de carro. Más adelante, a la puerta de una casuca, dos mozos acomodaban en un macho rubias barcinas. En el suelo brillaba el tamo caído.

Un muchacho descalzo batía un tapial con dos trozos de caña, fingiéndose tañer el tamboril.

Salió un hombrecito de una entrada. Llevaba encristalados los ojos con gafas negras; sobre el pecho colgábale de sobada correa una ruin guitarra. Se detuvo; palpó una moneda; llevósela a la vista, guardola; se acercó a las paredes, y bordoneando hacia adelante fue subiendo, fue subiendo la calle.

Sigüenza viole entrar en otro portal. Resonó blandamente la guitarrica, y una voz afectada de grave copleó los milagros y alabanzas de un santo.

Al olor del romance surgieron vecinas. En la rizada sombra de las casas fronteras se sentó una vieja.

A deshora, se oyó golpear sobre un yunque. Era en entrada muy hosca; a lo hondo hambreaba una fragua y se veía una desmedrada cabeza de rapaz, que la llama hacía livorosa y rojiza, y unos brazos que se alzaban y caían.

Propagose hedor a quemazón de casco de bestia. La que Sigüenza montaba enderezó las orejas y todo el pueblo llenose de un rebuzno tartamudo y estrepitoso.

¡Oh! Sigüenza la odió con ferocidad.

La bestezuela caminaba otra vez humilde y resignada.

El viajero recordó que ella pisaba sabiamente. Además, mirole una horrenda matadura. La piel vellosa de su cuello se estremecía para ahuyentar al insaciable tábano.

Sigüenza habló del jumento al guía. Encarecieron su abolengo y virtudes; y pasaron como en volandas al señalar sus tachas.

...Bajaban por una calleja amarilla de sol.

No había nadie.

A lo largo de una fachada secábanse, en rimeros, blancas trozas de álamos, chopos y pinos.

En paredes y suelo refulgían vidrios, retajillos de tiestos, pedrezuelas calizas.

Por unas bardas se descolgaban brazos de parra mustiada; brazos que se retorcían de desesperación y ansia como de cuerpo que busca el goce de la libertad y anchura.

...Iban ya en silencio. Tan cabal era en la calle, que oíase con justeza cualquier ruido del interior de las casas, gritillos de los gorriones recogidos en las sombras de los tejados, zumbar profundo de moscas que se levantaban y posaban persistentes en la tierra abrasante.

Sigüenza se las oxeaba protegiendo la pobre carne llagada de su asno. Amábale ya.

...Se hallaron en pleno paisaje. Flotaba como polvo un vaho blanquecino.

Era aquella tarde pesada, estuosa.

El arriero, enjuto y tostado, tenía genio despierto y mostraba relente inagotable; sus ojos eran muy reducidos y tan grises como su corto pelo, pero una lumbre maliciosa los declaraba entre la hirsuta maleza de las cejas.

El rejo, el vigor lo tenía en los pies; inmensos, de venas recias como cordeles, escamosos, groseramente esparteñados, pisaban firmes, raudos, inmunes, sobre peñas agudas, sobre secos cardizales, sobre rocalla o guijarros penetrantes.

A esto aludió Sigüenza:

-¡Si está uno puesto! -contestó el rústico.

Y después, ya fácil y risueño, dijo de lo suyo y de lo ajeno. Confesó que poseía viñar, riu-rau y que curaba algunos quintales de pasa al año; no determinó cuántos.

Dañábale a Sigüenza su habla maligna, su reír frecuente, en aquel paraje donde no quería un vislumbre de contento. También notole algo de ese natural regocijado.

-Pues todos los de Parcent son divertidos. Allí...

-¿Que son divertidos, que ríen los de Parcent? - le interrumpió espantado el caballero.

-¡Que si son! Allí, digo -prosiguió el otro-, todos somos propietarios, todos tenemos algo, una piedra, un árbol aunque solo sea... Pues si ahondasen que ahondasen un hoyo en *ca* hipoteca, no se podría caminar un paso. ¡Con que ya ve si bullimos!

...El valle del Jirona no es escabroso, que apenas se corcova la tierra para hacer muy fáciles colinas, hasta cuyas cumbres suben las cepas.

Las sierras que lo hacen son sinuosas, peladas y grises. Una rasa, que remeda pirámide de plomo, tiene en su punta trozos de muro almenado de una atalaya moruna.

Hay tantos pueblos en este valle, que en frecuentes sitios se oye sonar de campanas. Y si es en un ocaso tranquilo y el cielo platea de puro pálido, melancoliza el toque, se sienten suavidades de místico mirando el paisaje, se piensa en amar mucho, en amarlo todo.

Una rambla hiende el valle. La rambla es ancha. En la una margen, el ribazo muestra en su corte fajas de grava, zócalos de tierra almagral, garras de raíces secas; y bajo, enverdece alguna zarzamora nacida en días húmedos.

En la otra orilla se mueve rumoroso el valladar de cañas cuyas garzotas ondulan y argentean.

En el cauce blanco y pedregoso se enjambraban hombres humildes tocados con sombreros de palma. Acarreaban piedra, agua, cemento; macizaban los arcos gallardos de un puente.

Distante, en la rambla, movíase una carreta tirada por bueyes. Las ruedas gemían metálicamente y sonaba un chocar de piedras de cauce. Era su carga de sillares nuevos que, al sol, blanqueaban con pureza de nieve de montaña.

De trecho en trecho, el cantizal que se amontona por lo abundoso, se oponía al rodar. Entonces, seis hombres asíanse a una soga atada a la lanza y sumaban su empuje al de bestias cuyas ancas temblaban por el esfuerzo.

Bramaba una voz hecha de todas; poníanse los hombres diagonales al suelo, rojos, terribles, enterrando los pies, como los bueyes las pezuñas, para conquistar cada paso. Saltaban partidas las piedras; los ejes chillaban; hacía un vaivén la carreta... y avanzaba de nuevo, lenta, solemne, triunfal.

Allí donde faenaban los hombres, llega también voz de campanas; de una campana melódica, fina, vibradora y de otra grave y ponderosa. Si doblaban a muerto, luego se apagaba el golpe de picos y el estridor de poleas por cuyas cadenas subían hasta las cimbras agua, piedra, cemento.

Algún viejo parlador y malicioso, algún joven chancero, encarecían o malsinaban al *tañido*. Y los rapaces que colman cubos de argamasa o llevan cascajo o acercan piedra, parábanse codiciosos de comentos, arqueados por la pesadumbre de las espuertas llenas, muy picaresco el visaje ofendido del sol.

Sigüenza pasó la rambla.

De tarde, un hombre enlutado miraba desde el ribazo a los obreros. Estaba hasta el crepúsculo. Y al difundirse el clamor de la bocina que otorgaba el paro del trabajo, el nombre de las negras ropas regresaba al pueblo, a Parcent.

Sus pies chafados hacíanle vaivenear, patojear. Andaba con lentitud penosa. Cuando oía cercana la trulla de los trabajadores, separábase del camino y dejábales pasar. Si alguno le enviaba una palabra, un saludo, él le seguía con la mirada hasta lejanamente. Y ya solo, tornaba a su andar de lisiado.

Lo vieron Sigüenza y el guía:

-Es uno del mal -dijo el último.

-¿Es leproso?

Se acercaban, se acercaban. Y el dañado apartose y volvió la cabeza a la soledad.

Ellos traspusieron un recodo del camino. Quedaron ocultos por un margen coronado de pámpanos.

El leproso pasaría sin sospecha y Sigüenza podría verlo cabalmente y aun hablarle.

Escucharon. Sonaba recio y áspero el ruido de alpargata contra tierra. De pronto, cesó. Una avecita cantaba en la fronda, ya casi negra. Recortaba con donosura su gorjeo que parecía habla quedita y acariciadora de mujer elegante y aturdida.

Se asomó Sigüenza. El lazarino huía por un bancal segado.

Otra vez caminaron.

Entre el viñedo hay árboles viejos, estupendos en las valientes retorceduras de su ramaje. Son algarrobos y olivos; están hendidos, abiertos, y las grandes ramas curvosas que salen de la robusta horcadura se ensanchan, se tienden; semejan detener al hombre para mostrarle los troncos, vientres fecundos, y decir: no podemos daros más; os ofrecemos frutos y sombra perennal; y nuestras entrañas se desgarran...

Arribaba Sigüenza a Parcent.

Mana una fuente donde se inicia la acritud de la cuesta que sube al pueblo. Sale el agua por dos caños de plomo y se vierte espumosa en un viejo pilón.

Cuando atardece bajan y suben mujeres que llevan alcarrazas y cántaros; hombres que cuidan de bestias cargadas de aquellas vasijas, sujetas en las argueñas.

Imita el agua parlerías hondas al caer en los huecos barros. Mozos y mozas burlan, gritan, ríen, saltan, se persiguen jubilosos.

En tanto, anochece.

Toca el *Angelus* la campana melódica y vibradora.

Pasan y repasan torcidamente los murciélagos, torpes, temblorosos.

A la fuente sigue una hondonada donde el boscaje, de tan espeso, negrea.

Parcent se estriba en una loma calva, sin quiebras ni asperezas.

Vio Sigüenza árboles monstruosos escalonados en la cobriza basa del pueblo.

Era de noche ya y no alcanzaba la condición de la fronda.

-Son oliveras -le dijo el guía-; oliveras de trescientos años ¡lo *manco*! (¡lo menos!)

Sigüenza contempló aquellas vidas seculares, respetuoso y admirativo, porque empezaron en edad que cautiva amorosamente su alma.

El camino hace un trivio; su más grande caudal se vierte en la plaza; otro cinturea al caserío; el del centro acaba en una calle corta pero ancha.

Allí, ante una casa de ventanas bajas, de balcón tapiado, de paredes rudas y rama seca, colgante del dintel, se apeó Sigüenza y entró.

Era el hostal.

- II -

Había cerca del hogar una mesa blanca que trascendía a fregadura; tan recién estropajeada estaba.

Un hombre molletudo, rapado, sumergía rebanadas de hogaza en una fuente humeante. Con gran calma, miraba la marca ele su poderosa dentadura en el pan o en los tasajos.

Este hombre era el huésped.

Una vieja enlutada, gredosa y flácida de mejillas, paseaba en sus brazos un niño menudo, de meses; una figurita de cera. La mujer le arrullaba con jadear de asmática; quejábase el niño; el hombre gordo comía.

Sirviéronle a Sigüenza. Y aquél le dijo:

-Si le molesta el lloro, dígalo sin pena. ¡No se acaba nunca!

-Yo me marcharé -rezó en valenciano y humildemente la vieja, que entendió el aviso.

Y salió.

-¿Está enfermo? -preguntó el caballero.

-¡Hambre, y hambre!

Y el zampón, después de engullir una blandura de tocino que le manó por la barba, arrojó una violenta palabra de enojo.

-¿Y la madre?

Otra vez oyose progresivamente el cantarcillo de la mujer fundido con el llanto del niño.

-Habrán de perdonar si volvemos; es que fuera está muy fosco -deslizó medrosa la vieja.

-La madre no puede criarlo -replicó el posadero a Sigüenza-; es de las del *mal*; vive con otra leprosa, y así que parió le quitaron la criatura. Es *dir* se la quitó la abuela. Bien le dijeron que nada le haría la leche de la madre, que si había de tener lepra, lepra tendría, más que le diese teta la reina más guapa y limpia del mundo. Ella, que no, que no. Y la criatura no se hace a lo pobre ni quiere leche puesta en botellas, sino chupada en pezones de carne de verdad.

El huésped mostraba facundia.

Y Sigüenza supo que el niño hambriento había tenido nodriza durante tres meses; mujer lozana, blanca, maciza, apartada del marido por rigor de celos. Pero eran jóvenes; ganosos de goce; y ella marchose en busca de su hombre.

Y aquella vieja enlutada iba mendigando a las vecinas criadoras un rato de teta para el netezuelo.

-¿Vive con ustedes?

-Ah, no señor; ahí al lado; pero como nosotros no tenemos hijos y estamos solos -aquí, entra poca gente; el pueblo es pequeño; poco el tránsito; si uno no tuviera más que el hostal ni mal comería siquiera-, pues, como estamos tan solos, aquí pasan el día. Mi mujer toma el crío, se lo acuesta en las siestas, lo arregla, le canta, ¡qué sabe usted!

El llanto del niño traducía ya un tal desconsuelo y padecer que dañaba oírle.

Salió la hostelera: joven, menuda, donosa, limpia.

La vieja pedía misericordia al Señor. Y un mozallón, que sacaba de la cuadra una bestia cargada de cántaros, le dijo riendo:

-¡Amórrelo a su teta, abuela!

La vieja no devolvió esa chanza. Mirose con tristeza su pecho raso. ¡Ya di toda su vida!, parecía decirse.

También la hostelera contempló el suyo que curveaba inquieto, gracioso y valiente bajo el ceñido corpiño blanco. Y se le miró con enfado, por inútil.

Acabada la cena, salieron Sigüenza y el huésped.

Pasaban una calle hecha, al comienzo, de tapias desiguales, esquinadas. Prosiguen casas humildes de puertas bajas y ventanas angostas. Una de las casas estaba caída y los escombros se amontonaban en la calleja.

Sigüenza vio un grupo de mujeres sentadas en un umbral, en el suelo y en sillas pequeñas de sogas.

Rezaban el Rosario.

Quedábase sola la voz aguda y plañidera de la devota que pasaba el abalorio bendito. Y otra vez la general plegaria difundíase zumbando como viento entre árboles.

Más adelante se agrupaban también mujeres rumorosas.

Por una calleja travesera bajaba otro barbotar piadoso. Sobresalía el tiple de una niña; de esas niñas formalitas que rezan con tonada de escuela.

-¡Es muy devoto este pueblo!

-¿Lo viene a decir por esto del Rosario? -replicó el hombre gordo-. Pues no es muy de iglesia..., pero a estas horas acostumbran el rezo. Y como se oyen unas a otras..., pues les entran ganas.

Y el huésped rió.

Otro espíritu fácil a la risa que hallaba Sigüenza en lo que él tenía por seminario sólo de dolores.

El Eclesiástico ha dicho: «El vestido del cuerpo y la risa de los dientes y el andar del hombre dan muestras de él».

Pensó Sigüenza que el huésped manifestaba salud, que riega de contento el cuerpo; quizá tendría vinar abundoso en fruto; tenía mujer moza de tentador donaire; tenía hartura de vientre... ¡Cómo hacerse en su ánimo surco o grieta donde brotar la planta del dolor!

¡Oh, bien se compadecía su risa, su andar, su decir, con su condición, con lo que era!

Mas Sigüenza se dijo que la bienaventuranza de aquel hombre menguaría viendo a los que sufren. Se lo preguntó. El huésped encontraba rara vez a un leproso. Los leprosos no se arrastraban por las rúas; no clamaban ni se amontonaban ni hervían como gusanos. Habitaban las más retraídas calles; en la última del pueblo, en la más honda, se habían espesado.

-Pero por arriba -agregaba el dichoso-, por arriba no van casi nunca. Tampoco a la parroquia ni a la fuente. Ellos mismos se aíslan. Muy pocos tienen menester de *aviso*. Y aun éstos, con dos o tres veces que uno se aparte de ellos, les sobra para comprender que deben huir de los sanos antes que los sanos les huyan.

Entraron en una calle negra y retorcida.

A las puertas bulteaban algunos vecinos.

Sigüenza iba zaguero; el huésped con las manos plegadas y echadas atrás. Silbaba. De cuando en cuando se interrumpía para murmurar muy paso:

-Aquí hay uno.

Y ladeando la cabeza indicaba una casa. Y de nuevo silbaba.

-Allí, una mujer; enfrente, un hombre y un chico. *¡Donen llástima!*

Sigüenza miraba.

El huésped cambió el silbo por un canturrear desmazalado. Sus manos hundiéronse en los bolsillos del pantalón.

-Allá, otro.

-Pero ¿cuántos hay? -preguntó Sigüenza.

-Pues habrá... -y adelgazando la voz fue contando-: Batiste, uno; Severo, dos; la *filla* de... -y así contó nombres, apodos, parentescos-. Habrá de catorce a dieciséis; *maúros* quedarán cuatro o cinco.

-*¡Maúros!* ¡Maduros! ¿Dice usted?

El huésped disparó la risa.

-*Maúros* -dijo glosando- son los más malos, más malos; los de lepra de costras, que tienen la cara así a modo de mapas. Ya los verá. Aquí, entre todos, llegaban a cuarenta y sesenta.

La calle se rasgaba a trechos y aparecía el inmenso negror del campo. Lejos, una sierra manchaba el espacio estrellado.

En el altozano cantó una ronda vigorosamente. Dábase acompañamiento de palmadas. Entre la algazara resonaba una guitarra, grave y temblorosa.

Dulcemente se esparcían las voces en la calle honda. Los que estaban a las puertas escuchaban quietos y en silencio el bullaje del pueblo alto.

Había empezado el baile. Golpeaban locamente las castañuelas.

-¡Son de brío para la diversión! -dijo Sigüenza.

-Pues había de ver esto durante las fiestas...

Hizo una pausa y añadió:

-Si le parece podíamos ir subiendo... ¡Es de *lo* alegre, es de *lo* alegre este pueblo!...

¡Y Sigüenza que lo fingió sin más voz que el quejido! ¡Todos arrastrando miserias y tribulaciones por calles y encrucijadas! ¡Y desearlo en tal trance era impulso de amor, era amar a los tristes!

Pero el sufrir tan sólo oprime y corroe un haz de hombres. Los otros ríen, sufren, se aman, se aborrecen, viven el vivir de todos. A él se asoman los leprosos y se apartan lacerándose si piensan en sí mismos, envidiando si imaginan a los sanos.

Su envidia es de exquisito suplicio. No tienen un débil claror de esperanza de gustar lo envidiado.

>...¡Ven con sus ojos y gimen como el eunuco
>que abraza la doncella y suspira!...

Los que jacareaban salieron al campo. Iban a la fuente.

Estaba el pueblo tranquilo. Subían ráfagas de cantares tamizados por la distancia.

La mesonera exigió del marido que suavizase la reciedumbre de su voz, porque en el zaguán la vieja y el niño dormían. Y refirió, con atropellamiento de jubilosa, que una vecina había aplacado el hambre del rapaz.

-Un pecho duro como una cántara se tragó el muy tunante. Ya mamujeaba de harto... ¡Vean, vean con qué regalo duerme!

Sigüenza no pudo alcanzar por qué no fue la madre del niño esta mujer sana y amorosa.

Con presura entró un hombre.

-¿Está don Ramón? -preguntó agobioso.

La mesonera gritó:

-¡Rosetaaa!...

Del fondo del vestíbulo brotó una mujer rubia, ancha y pecosa.

-¿Está don Ramón?

-No puc diro; tal volta no, siñora.

-¡Que no! -repuso espantado el hombre.

Roseta perdiose en una escalera enyesada.

Arriba pisaron con andar firme y menudo.

-¿Está o no? -voceó desde la entrada el huésped.

Luego, volviéndose al recién venido, interesose por conocer la andanza que así le traía.

Y el otro, adusto, violento, contó que su hijo estaba enfermo desde la noche anterior; y al retornar ahora de la labor lejana, lo halló quemante más que una brasa y respirando como un perseguido...

Y su mujer lloraba hasta enloquecerle...

-¿Está o no? -bramó arrojándose a la escalera.

-Aquí, no, *siñor*, no -dijo la pecosa desde arriba.

El hombre fuese hablando tremendamente.

-Es que ya es bastante, ya -comentó el posadero-. Venga de hijos, venga de hijos y cuando llegan a los seis o siete meses, todos a morir. ¡Ya van seis! ¡No crea! ¡Con la falta que tiene de uno talludo para faenar en el campo, y así, o ha de estarse solo o pagarse un jornal!

Salió a la puerta. Y seguidamente dijo:

-Ya venía don Ramón... Se marchan juntos.

La abuela despertó con azoramiento de una profunda cabezada.

-Don Ramón es el médico -prosiguió el hostelero hablando con Sigüenza-; aloja aquí; es soltero, muy serio; un hombre de lo bueno, de lo bueno, sea dicho mejorando...

...Los que holgaran en la fuente venían voceando coplas.

En la agria cuesta terminó el gritar. Pero a poco, sonó vertiginosa la guitarra y plenas voces se alzaron. La pendiente daba oscilaciones de cansancio al canto.

La luz del hostal resbaló por las caras de los cantores, todas estiradas con el visaje del grito.

Se alejaron hendiendo el silencio.

Después de una buena pieza se oyeron pasos remisos en la calle, y el médico entró.

Era joven, alto y enjuto; y blanco y copioso su cabello, tenía ojos anchos, quietos y azules. Mostraba abandono de sí mismo y pesar. Su cabeza cana le singularizaba gratamente; parecía una delicada figura del siglo XVIII, vestida a nuestra pobre usanza.

-Qué, ¿y el chico? -demandó el mesonero-. Mal, muy mal; muere como sus hermanitos. Su habla era lenta y modesta. Saludó y perdiose en la escalera blanca.

La vieja secreteó con la mujer del huésped; le entregó el niño y marchose.

Sigüenza paseaba obedeciendo las paralelas de las baldosas.

Fuera, cantó el sereno la hora.

Una sombra muy negra y larga se destacó en la noche. Llegose a la puerta de la posada y en el umbral se postró.

-Ahí está la madre, la leprosa -le anunció el huésped a Sigüenza.

-¿Y no entra?

-¡Claro que no entra como no se le mande! Ahora verá.

Y volviéndose con toda la majestad posible en su asanchado cuerpo la invitó a que pasase.

Entró la mujer. Mujer alta y osuda. Su faz tenía la color y el brillo del acero. Apenas se le marcaban las cejas y sus ojos estaban sepultados. Un pañuelo negro ocultaba su cráneo. Entre los pliegues de un delantal pringoso escondía sus manos. Sus pies chafados, grandes, torcidos, andaban como si el uno subiera siempre y el otro se atollase. Fatigaba su paso.

Inmóvil, rígida, estuvo contemplando la carita pálida y azulina de su hijo.

Después, tendiendo el flaco busto y arrastrándose, se acercó a la mujer del huésped.

En sus ansias olvidó recatar sus manos.

Sigüenza vio dos brazos secos, descarnados, que remataban en garras mutiladas. La gafedad iba royendo aquellos dedos, crispados siempre en actitud rampante.

Derribábase su cuerpo. Doblose... y su cabeza tocó carne del hijo.

Estaba muy quieta la mesonera y sonriente. En el marido la risa era muda y bondadosa.

Todo sosegaba. Extendiose ruido apacible de suspirar, de llanto, como el dulce y misterioso murmurio de una lejana fontanilla.

Hacíalo la leprosa, gimiendo y hablando sobre la frente del niño dormido.

De súbito, una gran voz lastimera aulló en la puerta:

-¡Besándolo; está besándolo!

Y la vieja pasó atropellándose, dando clamores pavorosos.

La lazarina, con miedo de infame, de envilecida, hundiose en las sombras de un ángulo.

La placidez del huésped convirtiose en talante feroz de ira. Dio unos trancos enormes y su mano corta y peluda oprimió un hombro de su mujer.

¡Oh! ¿Estaba ciega, estaba muerta para no sentir el peso de tanta podredumbre? ¡Encima de ella; toda encima de ella!

La hermosa manera le miró espantada. Y metálicamente, felina, le acusó de su torpeza por no separársela.

Los dos se culparon con los ojos. Y sus corazones se arrepintieron de haber sido generosos con la miserable.

-¿Qué, no ha visto, qué, no ha visto? -le dijo él con angustia a Sigüenza-. ¡Ha estado sobre ella!

Sobre su hembra limpia, bella, donosa, la carne dañada, la carne inmunda.

La carne inmunda se estremecía en las tinieblas. Sus manos, otra vez ocultas en el delantal, se retorcían con dolor.

-¡Lo besabas, lo besabas! -repitiole su madre. Y había lástima y rabia en sus pupilas y en su palabra.

La leprosa se irguió. Y loca, transida, tambaleándose horriblemente, salió y perdiose en la noche...

III -

Era grande el aposento de Sigüenza.

El huésped, que le había guiado, se fue dejando colgado un candil sobre una oronda arca. Por el suelo rudo, sin ladrillos, pardeaban montones de patatas. El azófar abollado de un peso daba miradas de luz color cinabrio.

Retraída en el misterio de un ángulo empollaba una rubia gallina, quieta, observadora, reverenda.

En otro rincón, dos largos calabazones enviaban sus grotescas siluetas a la pared, donde una frazada, pendiente de una estaca, caía a pliegues anchos, correctos, de túnica de imagen.

Sobre la cama, que era de hierro, vieja y negra, había pegado con miga de pan un cromo de la Virgen del Carmen.

Nuestra Señora presentaba un niño desnudito, ictérico, y el milagroso retazo del escapulario a los lacerados humanos que se hallaban a sus plantas, entre fuego bermejo y amarillo. Como aquel sitio, el del Purgatorio, no era acomodado para enagüilla o pámpano, las llamas, muy honestas y sabias, purificaban a todos igualmente, subiendo y bajando según la talla de los cuerpos. Las almas penadas recataban pudorosamente con las manos sus pobres senos. Y los semblantes de todos traían a la memoria de Sigüenza los rostros impasibles de los figurines de sastrería.

Desnudose el cansado viajero y se encimó en la cama, produciendo desaforado estrépito de jergón.

Y ya casi ganado de la dulce soberanía del sueño, aun percibió que, bajo, en la calle, lloraba el niño y hablaba la vieja. Su voz de fatigosa lastimaba.

Había con ellos un hombre.

Cayó sobre el pueblo una campanada dura y zumbadora. Y el que platicaba con la abuelita apartose al centro de la placeta y entonó el pregón de la hora.

Después antecogió un farol que había en un portal y fuese tosiendo pertinazmente.

-¡Que nos avise, recuérdese! -rogó la mujer.

Y él, desde la esquina, dijo:

-Bueno.

Seguidamente cantó.

Por la negrura tambaleábase la leprosa. Tenía de la calle honda. En aquellas horas de soledad, vagaba por el pueblo. Iba con la confianza de los sanos. Eso daba placer. Ellos no lo sabían.

En noches de luna mirábase su sombra; una deforme sombra que se tendía por el suelo, se quebraba en las esquinas, menguaba al trepar las paredes.

Decíase que debía espantar su figura larga, siniestra -como ciprés que anduviese-, por los viejos callejones untados de lumbre triste de luna.

Y cuando imaginaba que ese espanto podía penetrar en mujer de las que se ataviaban, en mujer sana, hermosa, gozadora de hijos, de marido o de amante..., entonces, mirando satánicamente a las casas, hacía una risada dura y metálica.

Sus pasos tenían huecas sonoridades temerosas. En algunos sitios, retumbaban.

Llevaba piedras en el delantal; apercibíase de ellas, desde una noche en que un perro, que ladraba despavorido a una seca palma citada a un balcón, azotada del viento, echósele sañudo y le atarazó ahincadamente su carne.

Estremecíala este recuerdo, como si le hiciera sentir el doloroso abrazo de la fiera.

Tenía otra remembranza, placentera y amarga. De noche estival, blanca de luna, en que bajó a la fuente para aplacar la sed.

Todo el campo grillaba.

Ella inclinose para recibir en la frente la aspersión que levantaba el chorro al caer en la pila.

Una nubecita, un copo de espuma, pasó deshaciéndose bajo la gran luna. La tierra se empañó; mas pronto descendiole el baño infinito de claridad. Azuleaba el ciclo como en las mañanas. Frondas y vinales enverdecían pálidamente.

Algunos pámpanos tornaban resplandor. Y el camino, los márgenes, tapias y bancales, chispeaban como si se hubiese desgranado y pulverizado un colosal diamante.

...Apagose el cantar de los grillos cercanos. Dominando el ruido del agua, llegó a la leprosa rumor de pisadas fuertes.

El instinto de los de su *casta*, el instinto a la huida, la condujo a una rinconada negreante de rodales matosos. La vieja pared de la fuente la ensombrecía.

Allá, por una ondulación del camino, bajaba un hombre. Cantaba. Era un hombre inmenso, de greñas rubias, de barba grande, apretada, intonsa como maleza. Era un mendigo extranjero.

Se acercó a la fuente y puso la cabeza bajo el limpio caño.

Al levantarse, goteó luz.

Contempló el agua; y desnudose, quitándose los harapos con suavidades de dama voluptuosa al desceñirse sus ropas perfumadas y enloquecedoras.

La leprosa mirábale con deleite y temor.

El extranjero quedó desnudo. Era blanco como la piedra nueva, fuerte, sin vello.

La mujer no había visto nunca tan bien tallado hombre. El que ella tuvo fue de ruin hechura de leño viejo, estrecho, roído del gorgojo de enfermedades eternas.

Entrose el mendigo en la bella agua donde se fundían y troceaban lunas infinitas.

Bañose quietamente.

Un insecto invisible estridulaba en la hierba crecida al pie de la pila.

Pasó tiempo.

Salió el extranjero y sentose en la piedra; con los pies agitaba el agua de plata.

El insecto calló.

De súbito, el hombre volviose hacia donde estaba la lazarina.

Su oído y recelar de vagabundo descubrían, adivinaban delgadeces de ruidos, alientos.

Saltó al suelo. Y espacioso, con cautela, fue acercándose a la rinconada matosa. Mas pronto anduvo confiadamente. ¡La había visto! Sonrió. ¡Una mujer en la soledad! Y la empujó a la tierra alumbrada.

Ella sintió que la tocaban manos con intención de caricia. Abatió la cabeza. De lejos había contemplado con furia de deseos, con latido recio de arterias, al hombre blanco y rubio. Ahora, junto a su desnudez tentadora, le invadía la necesidad del pudor.

...Se abandonaba.

¡La única alegría de su vida! ¡Desvelábase en ella la virginidad del placer! ¡Eran sus bodas, sus bodas en noche cálida, blanca y aromosa; sus bodas con hombre fuerte y bello!

...Otra vez cantaba el insecto escondido en la hierba de la piedra. Pero parecía henchido, estallante de ira; era su estridor seco, breve; grito de envidia hacía *ellos*; de rabia hacia los lejanos cantores de un dulce coro que aun invitaba más al deleite... ¡Y él, allí solito bajo la mata húmeda!

El mendigo y la leprosa pensaron, un momento, en aquel insecto como se piensa en un hombre odioso.

...Parlaba la fuente.

Del cielo caía la lluvia de luna.

Y al darse la mujer a la dicha, el hombre acariciador y desnudo alzose..., y la dejó.

Se alejaba calmoso, cubriéndose con sus andrajos.

La hembra miró ansiosa la noche.

¡Si no venía nadie!... ¿A qué huir? Y lo llamo con voz doliente y rubores de esposa que entrega su doncellez; luego, a gritos, ronca, con anhelos frenéticos de fiera en el celo.

Detúvose él para hablarla en su idioma bárbaro. Y riendo, braceando, cantando, perdiose en el camino.

Desde lejos llegaba su cantar amatorio deslizándose en la quietud de la noche...

Del alma de la mísera desbordaba la rabia. Se estremecía su carne de lujuria insaciada.

Comprendió que él lo había conseguido todo, bestialmente...

...Cuando entró en el pueblo albeaba.

Un clérigo abría las puertas del templo.

Era un recuerdo deleitoso y amargo. Bien se fingía al hombre inmenso, de greñas rubias; y su apartamiento rufianesco, cruel.

Esa huida del mendigo y el momento en que sintió desgarrársele toda su alma, cuando ya no pudo rechazar que tenía lepra, habían sido las desesperaciones más feroces de su vivir siempre doloroso.

La privación de su hijo era una desgracia justificada por el *mal* de ella. Amarle fue quitárselo... Pero ¿por qué tenía ella el *mal*?... ¡Por qué no gozó con el hombre fuerte y blanco!

Alentaba sólo para el sufrir.

¡Qué habían hecho otras mujeres para merecer belleza y desmayar en deleites!

Ella no se atrevió nunca a codiciar opulencias de dicha. Apeteció vida humilde, con goce y tristeza, pero pequeños su quejido y su risa, que apenas sonasen.

Y vivía en tribulación sin alivio; espantando y repugnando.

...Era leprosa... ¡Señor, por qué era ella leprosa!

Del pasar fatigoso de callejas descansaba echada en la tierra, frente a la casuca de la abuela y el niño. Y hablaba con aquélla que le impedía el contacto más sutil con el hijo; ni un beso siquiera.

Ya, de extremada, inspiraba odio.

No era ese mal de contagio tan fácil. Algunos médicos casi lo negaban. A otros muy graves y autorizados oyoles *«que en el rozarse no había peligro, que el germen de aquello estaba en la saliva»*. Y aun esto era mentira, sí, porque un gran señor muy sabio, de muy lejos, que fuera a Parcent, le había extraído con su misma mano cuanta saliva quiso ella hacerle y la miró y estudió con gruesa lente...

Y terminaba siempre con un penoso prometer de *besarlo sin fuerza*.

Apartábala con fiereza la vieja. Luego tornaba en amarga y llorosa.

Sí que se pega, sí. Los del *mal* no acababan. Moría uno y salía otro, como hierba que se siega... Si no, ¿a qué había de negarle a su hijo? ¡Por qué iba a negárselo! Habían de sufrir... Habían de conformarse con la voluntad del Señor... ¡El Señor proveería!

-¡Cómo se ve que está usted sana! -bramaba enloquecida la inmunda-. ¡Me *lo* arranca el *mal*, pues que le dé el mal y será mío!... Usted, como tiene al chico..., usted, como *lo* disfruta... ¡Así le dé Dios!...

Después era el maldecirse por su blasfemar.

Sus entrañas le quemaban y una zarpa insaciable le impedía los ojos, le crispaba la garganta, le raía su pecho y su cráneo.

Habían de sufrir, habían de conformarse. ¡El Señor proveería! -le martilleaba la vieja.

-¿El Señor? ¡Si soy leprosa!

¿Por qué no venían hombres llenos de amor que se afanasen en limpiarlos y curarlos del mal espantable? ¡Ya no sabios que escriben libros, obras macizas, inútiles y glaciales! No sabios que se sirvieran del dolor para su medro y lustre.

¡Los leprosos los desprecian! Aunque les solemnicen gentes letradas, les empaña el vaho del desprecio de los inmundos.

El desprecio de los inmundos es grande, como grande sería el amor de sus almas.

Hombres que sabéis: haced que os amen los llagados de lepra.

El amor del que sufre es más virtuoso y admirable que el de las almas risueñas.

Ser feliz y amar es tan llano como percibir el peligro y temer.

Entre amarguras amó el Redentor.

Sigüenza durmiose tan regaladamente como si hollase plumas y hojas de rosas.

En la calle conversaban la lazarina y la vieja.

Y ésta dijo:

-Y si muriese el *otro*, su madre tomaría al nuestro para criarlo.

Entonces, las dos mujeres oraron.

Salió de la torre el hondo son de una hora.

Lejos, cantó el sereno.

-Él nos dirá; él nos dirá -musitó la leprosa.

De las calles más bajas, volvió a subir la voz lastimera.

-Aun está lejos -refunfuñó la vieja.

-Aún.

Y callaron.

Braceó el niño; moviose todo; rompió a llorar.

-*¡Atra volta; atra volta!* -se quejó la abuela y entrose para aplacarle con lo que hallara en el hogar apagado.

Se escucharon pasos que despertaban eco en las calles solitarias.

La leprosa sumiose en el umbral de la posada. Y vio un cuerpo negro, coloso, brotar de las tinieblas despidiendo un resuello de bruto acosado.

Se le echaba; amenazaba aplastarla. La pisoteó.

Era un hombre que le contuvo la sangre y la vida por espanto insólito.

Era el padre del niño enfermo... de los niños muertos.

Buscaba al médico... Moría su hijo. ¡Ahora sí que moría!... Pero el médico aun podía hallar... o inventar algo milagroso: ¡algo que lo salvase! ¡Había de haberlo! ¡Dios!

Y su voz oíase grande en la majestad de la noche.

La leprosa se alzó torpemente. Y con palabra cobarde, tartamuda, casi insonora, dijo «que también ella viniera buscando al médico, para... una pobre mujer, una vecina suya, que finaba..., y el médico había salido».

-¡Que no está, que no está! -rugió el hombre-. ¡Maldigan...!

No pudo acabar porque lloró.

¡Oh! ¡Bastaba, Señor, bastaba! ¡Un rincón del cementerio estaba sembrado de huesecitos de sus hijos!

La leprosa mirábale llena de miedo. Lentamente una lástima suavísima se derramó por su pecho; le inundó todo su cuerpo. Y esa lástima crecía, crecía con braveza, remordiéndole.

Sintió el deliquio de su voluntad, de toda su alma. Sucumbía.

«Es mentira, es mentira» -pensaba que iba a gritar-. «Es que no quiero que tu hijo se salve..., ¡y yo no sé si ese médico podría sanarlo!».

Sollozaba. Su carne también caía.

¿No sería el brazo de un ángel que la arrojaba de aquella puerta, para que entrase el otro? Y crispada de dolor arañaba con sus manos gafas la madera grietosa buscando el sostén de las nulas jambas.

-...¿Y dónde está? -imploró el hombre.

El llanto desgarrador del niño hambriento salió de la casita paredaña.

La mujer irguiose. Y trémulamente deletreó «que el médico había marchado a... Alcalalí», pueblecito del valle.

El hombre se precipitó por el recuesto que antes subieran los mozos cantores.

...Fue avanzando la noche. Y cuando la campana del reloj retumbaba en la soledad, las dos mujeres sufrían un latido doloroso de tan violento, como si el corazón se les hiciera de hierro y una mano cruel lo impulsara.

-¡A *Albat*, es a *Albat*! -decían delirantes.

...Pero... no, no era toque de *albat*; no era a *muerto de gloria*. No tañían a tales horas -pensaban con amargura, ya fundido el arranque ilusorio.

La iglesia estaba cerrada; volvía a enmudecer la torre, aquella fantasma inmóvil que negreaba en la negrura de la noche.

De rato en rato asomaba un farolito en la calle. Y el sereno pasaba, repitiendo su tonada somnolienta.

Ellas pedíanle noticias del moribundo.

-Mal, mal; me creo que está acabando...

-¡Señor, si dura!

...Crujió una ventana, una garganta poderosa golpeo en bronca tos.

En el cielo clareante, las estrellas lucían muy pálidas, como exhaustas. Parecía que, desde la tierra, se las pudiera apagar con un soplo.

Ya despertaban las avecitas.

De un corral vecino a la posada subió el canto de un gallo, un cantar de risa, burlón, nasal, semejante a voz contrahecha de máscara.

Jocosos, tristes, clamantes, atiplados y recios cantaron más gallos, muchos más y se interrumpían y coreaban.

-¡El días! ¡*Es fa* de día! -dijo con rabia la leprosa.

Pasaba muy baja una nube blanca, opulenta, rompiéndose en sus perfiles de monstruos.

¡El día, el día!

Vibró una campana, gozosa, precipitada, limpia.

-¡*A mort de gloria!* -gritaron las mujeres.

Pero el alegre esquilón, cuyo sonar fue regularizándose, haciéndose más seco y tardío, saludaba al alba, llamaba a misa.

En la calle apareció un labriego; despúes, la macilenta figura de un rucio; en sus aguaderas se movían los panzudos cántaros.

Resonó el segundo toque de la misa de alba. De un portal vecino salió una vieja tocándose con azabachada mantellina; la siguió una rapaza que arrastraba dos sillas.

...Huía la leprosa.

Y sola, entre las casas cerradas de la calle honda, oyó el tañido a *muerto de niño*.

Eran vocecitas de campana que se precipitaban de la torre, retozonas, alocadas, raudalosas, como haldadas de flores vertidas desde la altura. Y cruzaban sobre el pueblo, salían al campo, y cristalinas, menuditas, puras, subían al cielo, penetrando por las nubes blancas, blancas como el almita del niño muerto...

...La leprosa gustaba la alegría, su única alegría, nacida del dolor de otra madre.

Su voz rasgó la calma del amanecer; sus ojos lumbrearon, y alzando sus brazos, secos, largos, que remataban en garras de animalia de blasón, bendijo al Señor.

- IV -

Mañaneó Sigüenza.

En la entrada del hostal, la moza ancha, rubia y pecosa, aljofifaba el piso.

Comían dos arrieros sentados a la blanca mesa.

La hostelera entraba y salía, haciendo muy contentamente su ministerio.

Fuera, bullía espeso grupo de mujeres. Allí, la madre de la leprosa manoteaba y visajeaba. No, no tenía fin su hablar. Pero la figura de la vieja estaba mutilada. Faltábale su lucha, su dolor, el niño exprimido y pálido.

Rodándose la faja, apareció en el zaguán el huésped.

Habíase afeitado y sus carrillos limpios, lustrosos, mostraban pliegues nuevos y eminencias rojizas y azuladas y huellas sangrientas de navaja.

-Aquello se arregló -gritó al forastero-; ya está el chico en sus glorias; con *sus* tetas que son como de vaca; las que dejó el crío muerto.

Luego nublose su frente; se doblaron sus labios con gesto pesaroso, y añadió:

-Nos haremos la cuenta de que pagamos ama..., sin tener hijos... Y no nos sobra... ¡Ya está usted viendo el movimiento de la casa!

A los que comían les historió la aventura del niño hambriento y del niño difunto. Y aquéllos escuchaban sin apartar los ojos de la lomuda sirviente que fregaba las baldosas.

El huésped y Sigüenza salieron.

Bajaron a una calle vasta y soleada. Arriba, pasaba el cielo en río sereno de azul fastuoso que atraía el mirar, contentaba el ánimo, pulla gentilmente los contornos de las casas, de la torre, de la montaña.

En la calle, cargas de leña verde, recién cortada, daban el olor de la serranía. En sus sombras había gallinas escarbando la tierra, picoteando entre las támaras y hojas.

Sigüenza y el huésped fueron a la rúa donde más leprosos habitan.

Sentada en una esquina, una mujer torcía cuerda de esparto. El huésped le preguntó:

-¿Está él?

Ella hizo «sí» moviendo su cabeza larga y pomulosa.

A la siniestra, la primera casuca de un callejón que procede de esa calle honda y acaba en el campo, tiene un corralillo; sus tapias son bajas y desde fuera se otea cabalmente. En un ángulo se pudría el timón de un arado viejo. Un cañizo rudo, apretado, cerraba el hueco de cueva para pasar a la casa.

-¡Batiste! -voceó el mesonero.

De entre las cañas se escapó un silbo fuerte, un aliento que decía palabras apagadas como si nacieran de laringe forrada de paño.

-Este es uno de los *maúros*; apenas si le queda habla.

Luego volvió a gritar en valenciano:

-Sal, Batiste; que aquí hay un señor que te busca.

Y otra vez pasó el cañizo aquel estridor de laringe rota, tísica; aquel respirar fatigoso que hablaba.

La mujer que trenzaba soga se había aproximado. Bajo su brazo brillaba el rubio copo de esparto.

Era alta, de flacas zancas que se le señalaban por la delgadez y mengua de su falda. Sus ojos tenían tan diminuta pupila que la mirada semejaba darla o hacerla como las estatuas, con el blanco de la córnea.

-Es que se estará vistiendo -murmuró humilde, creyendo que debía justificar la tardanza del marido.

Dentro se sacudían y estregaban ropas. Después, moviéronse las cañas y quedó patente el agujero negro de la entrada. Avanzaba un bulto.

Salió un hombre astroso. Sus manos enormes, túmidas, eran del color de la tierra. Un pañuelo, cuya mugre relucía al sol, ceñíale desde la frente a la nuca cubriendo su cráneo.

En su cara la podre del mal hacía escamas lívidas y se arracimaba y se amontonaba. Entre dos cortezas de la barba pendían dos mechones de pelo negro, largo, liso. Y sus ojos, hundidos entre llagas, expresaban inmensamente; eran hoscos, mates, secos; pero había momentos en que tornábanse lucientes, húmedos... Tenían esa humedad de que nace la lágrima sin que ésta asome y caiga aliviadora; mostraban la expresión de todas las tristezas, de todos los dolores fundidos en la tristeza y en el dolor supremo de la propia lástima. No decían la queja por el padecer, sino la amargura de la compasión de sí mismo por un mal que sólo acabaría con muerte de abandonado. Y estos ojos, al subir hacia las tapias y ver a los hombres que estaban en la calleja, clamaban como Job:

«¡Apiadaos de mí, apiadaos de mí, siquiera vosotros mis amigos, porque la mano del Señor me ha tocado!».

Este dulce decir de sus pupilas perdíase pronto. La desesperación, la envidia a los sanos de carne limpia, un odio a todo las abrasaba. Después, el cansancio iba apagándolas y quedaban quietas, mates, idióticas.

Púsose a raer el cañizo de sus hojas firmes y crujientes. Y con lentitud, ladeaba la cabeza para saber si le miraban.

La mujer explicó «que *aquello* -el afanoso pulir las cañas- hacíalo para *aguantar mejor* que le mirasen». Y sus ojos de estatua abatieron los de Sigüenza que también adivinara *aquello* y no quiso escucharse porque tenía ansia de mirar. Y cuando la mujer lo dijo fría y penetrante como una espada, él creyó que era su conciencia que se lo gritaba con voz, ya que con remordimientos no fuera atendida.

Y Sigüenza no se apartó de las tapias bajas del corralillo.

...En la entrada de la calleja asomaron tres hombres. Su flojo y tardío andar, sus manos echadas a la espalda o escondidas en los bolsillos, sus talantes dejativos, manifestaban el hastío de esos azota-calles de nuestros pueblos.

Del lugar han partido para las labores los hombres campesinos, han quedado los artesanos que faenan en sus casas y los viejos que se solean junto a las fachadas o se sientan bajo un árbol. Todo está en sosiego.

Si una bestia baja por un callejón al camino, su pisar se oye claramente en todo el pueblo. Los muchachos canturrean en la escuela; las moscas zumban en las calles. Un mendigo hace una tonadilla en un umbral. Se oyen voces agrias de mujeres; alguna ha maldecido a su hijo que sale dando un portazo y huye descalzo y greñudo hacia el ejido. Golpea un martillo. En la iglesia, el señor vicario repasa las vestimentas, cuenta la cera y requisa la alacena donde se guarda el vino y la hostia; una araña se deja caer desde el techo y parece mirarle. Ved que todos trabajan. Pues nuestros clásicos baldíos pasean, arrastran su ocio a modo de castigo de airadas divinidades...

Serios, silenciosos, van empujando con sus pies una piedrecita durante una mañana. Y si es un forastero lo que su fortuna les depara, ya no hay más apetecer. Ellos se fingirán los encontradizos; llegaranse indiferentes, distraídos; pero como es fuerza que conozcan al que le acompañe se detienen, saludan y se *suman*. Así aguardan la tarde; ya entonces, galantean con las mozas que salen a llenar alcarrazas y cántaros en la fuente; y se solazan y chismean con los vecinos que se agrupan en los portales.

Los que vio Sigüenza aparecer en lo alto del callejón, acercáronse muy reposadamente. Y como eran grandes amigos del posadero, quedáronse hablando, junto a las bardas. Uno de ellos dio chanzas al leproso; mostrole otro un puño de cigarros. Y todos, como si encomiasen la docilidad de una bestia, dijeron a Sigüenza:

-No, no tenga miedo de que se arrime; aunque usted se lo mandase no se arrimaría.

Le echaron el tabaco.

En la calle perseguíanse por juego dos rapaces ya talluditos, vestidos tan sólo con anchos pantalones de lienzo rojo que les llegaban al pecho.

-Son hijos del leproso -murmuró el huésped-. Del que va delante, ¿lo ve?, ya dicen si está *tocao* del mal.

El notado era albino y su pelo y su carne pálida, al envolverles el sol, hacían vislumbres de blanca seda sucia y ajada.

La noticia que diera el del mesón llamó al deseo en los otros, de lo muy deleitoso para algunos: de *contar*; al comienzo, hablose serenamente de Batiste; mas pronto se mezclaron e interrumpieron todas las voces.

Celaba con saña el huésped la más delgada coyuntura para tasar y enmendar el ajeno relato.

El leproso lo era desde los veinticuatro años. Frisaba, a la sazón, en los treinta y ocho. Ya acababa, ya. Vivía solo, echado en la tierra, cerca del cañizo. Su mujer le llevaba la comida y el agua. Casi siempre se las daba por las tapias. Algunas tardes, él salía al campo. En el *Carrascal*, la gran sierra, tenía un rinconcito plantado de viña...

El lazarino, al advertir que la conversación del grupo le aliviaba de sus miradas pegajosas, recogiose, con industria y disimulo, al oscuro sosiego de su manida y corrió la tapa de cañas. Pero alguien que no perdió movimiento de aquél, dijo riendo:

-Ahora se verá si sale pronto.

Y robusteciendo la voz, fingió disputa de política, alabando a uno de los caciques del pueblo y cubriendo de vituperios el nombre de otro.

Crujió la grosera celosía y asomó la cabeza del leproso. Se había quitado el pañuelo y su calvez horrible le acrecentaba la fealdad. Furiosamente se revolvían sus ojos cual si codiciasen desgarrar llagas y cortezas y verter fuera toda la brasa del odio. Se estremecía con violencia la flácida piel de su cuello hendido y el aliento que hablaba salía con estrépito de saliva.

-Esto de la política es para él más que su lepra -murmuró el posadero-. Mire: por aquí pasan para ir al campo los que lo han menester, y alguno, por reír tan sólo, se asoma y dice mal del bando de Batiste. Y Batiste, aunque esté en cueros, sale y se echa a las tapias como un perro y tira por su boca basura. Se asoma otro y le refiere: que si el mandón del partido contrario mercó la mejor masía del contorno, o si casa a su hija con un sobrino del *diputao*, ¡lo *manco*! Y Batiste venga de rabiar y rabiar. Pues si alguno le cuenta bien de los suyos, él habla de los otros siempre con coraje. ¡No puede aguantarse el pobre!

-¡Sí que es verdad, sí que es verdad! -corearon todos.

Y se reían. La mujer, también; la humilde mujer pensó que así debía convenir al general bullicio y regocijo. Sí; había que reír, que todos reían. Y su mirada blanca no se apartaba de su marido monstruoso.

Ese mirar tierno y balsámico, o incisivo y frío, parecía enviar aliento al mísero o echarle en cara su condición de mujer de inmundo.

-Qué, ¿vamos a otro? -preguntó el huésped como si desfilaran entre las rejas de una colección zoológica.

No fueron a otro. Sigüenza no quiso.

Fueron hacia el campo; era escueto, almagral, de bancales despedazados. A trechos verdeaba la viña y se movían pausadamente las cañas del panizo.

Manzanos aparrados orlaban las tupidas alcatifas de las alfalfas. Y algunas oliveras canísimas, de cimas de plata, se suceden, de cuando en cuando, hasta llegar a la ingente sierra cenizosa en que remata el paisaje.

El sol incendiaba roquedal, tierra y fronda. Sigüenza y los lugareños buscaron el refugio de las arcadas de un encalado riu-rau.

Cantada con fiereza el coro ronco, chirriante de las cigarras.

Los hombres se echaron en el suelo. Gustaban con delicia la sombra.

Sigüenza se imaginaba al leproso, hundido en la zahúrda, interponiendo una tapa de cañas a la caricia del cielo y de la luz; palpándose la lepra de su carne y manándole su alma lepra de odios. En el pueblo sonaba un sartal de horas. El huésped las contó, y al saberlas alzose presuroso, sacudiéndose su pantalón de pana negra.

-¡Las *dose*, las *dose*!

Encargó al salir de casa que hiciesen arroz, y ya debía hallarse pajizo de puro cocido y rico. La mesa estará puesta y vestida con mantel limpio; habrá pan tierno, del día; aceitunas en salmuera; *guindas* rugosas, dulces y oreadas; un pollo emblandecido y aromatizado con tostones de tocino y cebollicas menudas como nueces; rajas de queso; confitura de arrope y vino de propio lagar... Comerán juntos Sigüenza, el médico y él.

Y se alborozaba fingiéndose el yantar cercano.

-Vámonos, vámonos, señor de *Sigüensa* -repetía-. Pues «nada hay tan importuno como el hambre», que dijo Homero en su *Odysea*.

- V -

Sigüenza sucumbía a la calma de la siesta.

Dormitaba en el zaguán.

El suelo rociado y las puertas entornadas mentían frescor. Una cortina rameada pintaba de rojo la raja de claridad que bajaba desde el dintel al peldaño.

Lamentáronse las bisagras; la luz penetró cruda y cegadora; una tosca mano arrugó la cortina y una voz plañidera y trémula declamó:

-¡Alabado sea el Señor! Hermanitos: socorred a un pobre viejo que va de camino.

Y el clamor se iba arrastrando perezosamente por el vestíbulo.

Sigüenza creyó que hablaba la misma siesta.

El mendigo pedía sabiamente. Su voz arrullaba como nodriza buena; adormecía como susurro de árboles umbrosos. Su voz no enlazaría gratamente con la actividad de las mañanas ni con la dulcedumbre de las bellas tardes.

Salió Sigüenza.

Brillaban las moscas imitando chispas de gasa y argentería.

A la izquierda, sobre los tejados, asomaba un trozo del *Carrascal* envuelto en calina. Un monte de humo semejaba.

A deshora, y en la calle que desciende cruzando la del mesón, sonaron voces.

Algunos hombres pasaron. Por el portal de una casa fronteriza a la posada descolgose una figura de araña gigantesca. Hacíala un mocillo de cabeza menuda, de pelos negros y aplastados; era huesudo, pálido y retorcido. Los hombros le subían angulosos hasta las anchas orejas, empujados por los travesaños de groseras muletas asidas con manos esqueléticas. Una pierna pendía rígida, buscando ansiosamente el suelo; la otra se enroscaba a manera de muelle de acero en espiral suelto, roto.

Campaneando su corpezuelo entre los puntales que golpeaban desaforadamente, se fue a la calle bulliciosa.

La gente amurallaba las fachadas; el centro quedaba solitario.

Doblado en un umbral había un viejo cuya talla debía de ser larga, porque las rodillas llegábanle altas, cerca de la barba. Gastaba ropilla negra de antigua usanza lugareña y sombrero, ya traído y desfelpado, de jijonenco. Sus manos, manchadas de amarillo, temblaban junto a su boca blanca, marchita. Trataba de encender con mixto de cartón una punta de cigarro, una pavesilla pringosa pegada al belfo.

Después miró a Sigüenza puntualmente. Lo estudiaba, lo medía, lo repasaba muy despacio, muy despacio y sonriendo.

Seguramente un forastero, que no comprende lo que se hace o se apercibe en algún paraje del lugar visitado, mueve la sonrisa de esos viejos contemplativos que se apartan y se sientan en los portales.

Son insaciables observando. La hoja que se estremece en la rama; la hormiguita que avanza y retorna por el sendero; el agua que pasa por el azarbe; cualquier nadería para otros, es mirada largamente por esos viejos. Viven con los hijos o con los nietos. «Abuelo, salga; salga, abuelo, que la casa no da salud», le dicen. Y entonces, ellos, rezongando, salen y se ponen a mirarlo todo. Alguna vez quisieran tornar a la casa; pero *ven* y *oyen* a la nuera o al hijo que les lleva hasta la puerta y repiten lo de «salga, abuelo, salga, que *la mucha casa* no es bueno».

... Al del portalillo se acercó Sigüenza. Y supo que el asunto de tal movimiento y copia de hombres era la partida de pelota de todas las tardes.

Juego aparatoso y solemne en aquellos valles del Jirona y Jalón.

Un autorizado tribunal juzga sin fraude ni trapazas. Grita los tantos un censor, los canta; óyese a sí mismo gustoso y desvanecido; pasea por la muchedumbre sus ojos enlomados. Después los eleva y su voz ondula tiernamente. Acaso una mujer lo mira desde una ventana.

Contó el viejo a Sigüenza que era muy serio juego aquél. Cruzábanse apuestas de diez, de veinte, de cincuenta duros.

Sigüenza repitió las cifras y procuró admirarse. De lo cual recibió gusto el que narraba y sonrió, tosió y dijo partiéndose con la diestra una baba de plata que le caía haciendo un hilo elástico:

-Pues se llegan a jugar por estos pueblos hasta las cosechas de la pasa; a veces, cuando todavía está verde la uva. Y esto no es referencia que me han hecho, no señor, que yo mismo las he perdido.

Y tosió de nuevo, con algarabía de garganta blanda, riendo de sus confesiones.

Una larga diente amarillenta bajábale de la encía alta, como estalactita de nicotina. Lo demás de su boca estaba despoblado.

Era filosófico viejo que, cuando hablaba de sí mismo, reía sosegadamente, dijese pesares o regocijos.

Jugaban. Jugaban seis hombres jóvenes, desnudos los brazos, ansiosas, arrebatadas las caras.

-El de más aquí estudia para capellán -murmuro el viejo y señaló con sus dedos temblorosos, tostados de tabaco, un mozallón bezudo, de quijadas anchas; sus ojos eran negros, de un negro sucio como de tizne, y sus manos carnosas pedían la esteva o la podadera. Sudaba. Vociferaba brutalmente.

En la calle había momentos de silencio de altura. Otros, producíase frenética alarida.

Colgando de las muletas, ansioso, rendido, acudía el mocillo donde con más braveza se disputaba.

Apuntalábase bien. Despegaba de los palos, para aliviarlas, sus manos largas; y miraba aquellos hombres que gritaban, que se revolvían prestos y vigorosos, que alzaban brazos pujantes, que hacían trepidar la tierra con la fuerza de sus pies y le dejaban impresa la marca de su forma.

Admiraba el ruido de pisadas y las huellas de pies; él hacía ruido de palo, de cosa; él pendía de muletas; y no jugaba ni braceaba; no hablaba ni reía con tono fuerte.

Por eso iba de grupo en grupo, mirando profunda y quietamente a los hombres de voz poderosa, de fortaleza en los pies y en las manos.

Dos mujeres sacaron de una casa a un hombre postrado en silla bajita. Su cara, lisa, estrecha, blanquinosa, parecía de escayola sucia. El fijo mirar de sus ojos dilatados causaba pavor.

Las mujeres hablaron con otras vecinas:

-Así se distrae viendo jugar. ¡El pobre, si no fuera por este rato!

-¡Ya se comprende! -dijeron las otras muy lastimeras.

Y él, *el pobre*, con su inmutable mueca de dolor, quedó a la puerta solo, sin saber del juego, mirando inmóvil y fijamente como si se viera a sí mismo sufriendo y sintiese el pavor de sus ojos ensanchados.

Entráronse las mujeres. Llevaban en sus rostros un júbilo discreto, recatado. Iban a faenar, a vivir, sin la muda inspección de aquel cadáver con los ojos abiertos.

...Dieron horas en la torre. Luego, una campana tocó blandamente, como si se desperezase de la siesta. No la golpeaba el badajo, ludíala. Zumbó. De súbito sonó firme, grave, honda. Siguiole un vagido de esquilón; después, la voz vigorosa de aquélla, la atiplada, la recia, la fina, la gruesa... Y así, interminable, un campaneo que cojeaba, un campaneo horrísono, inverosímil en aquella hora calmosa de sol...

-¡A muerto, a muerto tocan! -exclamó el viejo, y se espantó una avispa.

El seminarista se revolvió furioso hacia la torre, implacable oficina de aquel sonar de calderas destempladas; de aquellos tañidos que se cambiaban, que remedaban pisarse.

Jugadores y público se habían enjambrado. Acaso se deshiciera el partido. El estudiante debía ensotanarse y con el añadido del roquete*formar* en el entierro.

Alguien gritole «que no fuese, que no fuese».

El seminarista le miró con igual gesto que antes pusiera al mirar a la torre. «¡Que no fuese, ¿eh?, que no fuese! A manojos saldrían boquirrotos que le acusasen al rector del seminario y al mismísimo arzobispo». Y acabó enviando una maldición a la inocente madre de la campana y a ésta y al cura y al muerto.

Todo era mirado y oído del cojito, sin perder semínima.

Al cuidarse otra vez Sigüenza del viejo de la diente, halló que departía con otro lugareño, también de razonables años. Colgábale a éste de su hombro la sobada jáquima de una borrica parda que detrás estaba muy quieta. Era un menudo hombre, de carnes duras, prietas y pocas; parecía hecho de madera quemada, de raíces, como nos cuenta la madre Teresa de Jesús que semejaba ser el santísimo Fray Pedro de Alcántara. Su cabeza fingía estar plasmada en la raíz de una caña; presidíala muy holgada nariz. Siendo ruincillo, mostraba gran solemnidad.

Trataba del juego interrumpido con gesto y ademanes serios, circunspectos, gravedosos. De esta condición participaba ya su indumentaria. El sombrero interesaba singularmente a Sigüenza. Era un sombrero negro, de inmensas faldas combantes. La copa estilábala entera; quiero decir que no se hacía en ella el donaire de una abolladura; alta, severa, raída al comienzo de lo curvo, remedaba una frente espaciosa, despellejada por dilatadas cavilaciones.

Hablaba el hombrecito y Sigüenza no reparaba ni en su boca, ni en sus ojos, ni en su palabra; el sombrero, el sombrero le inquietaba.

Fue apartándose el viejo y, de lejos, las alas grandes del sombrero, de un pausado movimiento, tenían humana severidad. Con sólo mirarlas, luego parecía surgir la figurilla de su dueño ponderoso. Reposadamente iba detrás la borrica parda, cabeceando con dulzura.

Al segundo campaneo entraron al tullido.

Sigüenza creyó que las dos mujeres mostraban desabrimiento y tristeza.

Quedaron en la calle algunos rapacejos.

Arrojaban a lo alto una pelota medio abierta, destripada.

Mirábales desde la esquina el mocillo cojo.

Se les acercó y habloles. Ellos le dieron el deshecho de pelota.

El cojito afirmó los puntales, afianzose, desenroscó sus sarmentosos brazos; dos dientes claros hincáronse en su pálido labio inferior con muestra de esfuerzo. Golpeó la menguada pelota, que subió basta el tejado. No llegaran a él los rapaces. Y observaron calladitos y muy quietos al mocillo cojo, como éste contemplaba a los hombres de pies cabales y brazos poderosos.

Vio la mirada de los menudos; saboreola con delicia; sus ojos se iluminaron por la primera fiesta de la vanidad en agasajo; sus mejillas se vistieron con la purpura de la sangre... Y dando trancos de muletas y con sacudidas de piernas, semejando una araña monstruosa, se fue y ocultose en la casa frontera al hostal.

Sigüenza se encontró solo en la calle.

En la plaza mascullaban los capellanes un responso. Levantose un *Amén* potentísimo, clamante. Después, más.

Cayó el estruendo de las campanas y lo apagó todo.

Cenaron también juntos el médico, Sigüenza y el huésped.

Fue la cena duradera y callada. Al final entraron al mesón varios hombres. Dos vestían uniforme de carabineros. A todos mandaba un viejo fuerte, rollizo, sonrosado y cuyo cabello abundoso y ondeante, peinado noblemente hacia atrás, dábale autoridad y favor.

Esto sabíalo el viejo, porque aquella brillantez de cabeza manifestaba un exquisito aliño. Su diestra corta, pequeñita, dorada de sol, se hundía en su cabellera alba como si acariciase a una amante.

Los otros tenían encobrados los rostros y manos. Sólo las frentes clareaban.

Eran del Resguardo, de la Ronda de la Tabacalera. Caminaban arrancando plantas de tabaco, porque así lo quieren algunos nombres que han creado el delito de cultivarlas y tenerlas.

Pidieron de comer.

Hablaban del trabajo realizado, del daño inferido a otros hombres, casi todos pobres como ellos.

El del pelo blanco y limpio era afluente de palabra. Hijo de sus excursiones. Todos le atendían, siempre asintiendo y sonriendo.

Para este egotista inagotable dejó escrito el estoico de Hierópoli: «Cuando te hallares en compañía, no te espacies demasiado en narrar tus hazañas y los peligros que hubieres corrido, que no has de creer que los demás tengan tanto placer en escucharte como tú tienes gusto en discurrir».

Esto no encaja por Sigüenza y el médico, que hallaban al fuerte viejo sagaz y donairoso, sino por los otros que también querían hablar de sus andanzas.

Pasó un labriego; habló con el médico. Y éste murmuró:

-Vamos.

Sacaron un macho esquilado cuidadosamente, bien nutrido, inmenso como un castillo de carne.

Cabalgó el médico y fuese.

Los del mesón quedaron una buena pieza silenciosos.

De fuera venía la voz del espolique y el férreo y pausado pisar de la bestia. Y se fueron alejando. Y ya no llegaba el habla del labriego, pero aun percibíase el ruido de herraduras. Perdiose, resonó; tal vez un guijarro había sido herido, partido...

Una mariposa de oro revoleaba convulsamente en los vidrios del farol del vestíbulo. Diose un golpazo horrible.

Se había extinguido el rumor de los que se marchaban.

-Y toda la noche y todo un día y siempre que le tuvieran de aquí para allá, de aquí para allá, no le sacarían una palabra fuerte, de enfado -dijo el posadero aludiendo al médico.

Y añadió:

-Una noche le buscaron para que viese a un mozo, y apenas lo tuvo delante se revolvió y dijo que por qué no le habían avisado más pronto. «*¡Ei!* -contestó el padrastro del enfermo-. ¡Nosotros qué sabemos de estas cosas!».

Don Ramón tentaba y miraba al enfermo. Y al fin dijo:

-Aun lo salvo, aun lo salvo.

-¿Aún? -se pasmó el padrastro.

Y al comprender que el médico iba por herramientas, aquel se le arrimó y bruscamente le dijo que «al cinco no lo tocaba, porque no lo tocaba, ¡vaya!».

-¡Pero si puedo curarlo, si lo salvaré! ¡Respondo con mi vida! -contestó don Ramón.

-¡Que no, señor!

¡Aquello era dejarlo morir! -volvió a gritar el médico-. Y todos los que estaban en la casa dijeron por lo bajo que don Ramón decía verdad, que don Ramón decía verdad... Allí había lío de testamento.

-¡Déjenme -tornó a pedir el médico-. Mañana será tarde!

No lo consintieron. Y el chico murió. Y don Ramón lloraba grandemente; lloraba como un santo que mi mujer tiene en una estampa.

Era de mañana.

Otra vez caminaba Sigüenza.

En la pasada noche había entendido del jefe de la ronda el anuncio de que ojearían el *Carrascal* al día siguiente.

Pues él, Sigüenza, también subía al *Carrascal*. ¡Un día de monte, de silencio augusto y deleitoso! Vería trepar aquellas hormiguitas de los hombres; trepar y descender; hundirse en fondos y asomar por collados -brotes o vástagos de la sierra- buscando las plantas del tabaco.

Sigüenza no las cultiva; tampoco deudo suyo las tiene. No siente enemiga por Compañías; no entiende de monopolios ni achaques económicos, pero considera muy miserable que arranquen esas plantas por codicia de unos cuantos hombres. Dejémoslo.

La sierra, tan suave de contornos que desde lejos imita la silueta de un buen señor, gordo, vestido de gris, tumbado, panza en alto, la sierra tiene hondonadas hoscas; rodales tupidos de encinas arbusteñas; láminas de roca muy juntas, espesas y agudas, como hojas de inmensos libros fosilizados por los siglos; lisuras de color de sangre. Y hay peñones que se amontonan y amenazan desgajarse y hundirse en las umbrías de las cañadas donde el viento tañe su canción en los pinos; y hay vocecitas misteriosas, apresuradas, de algún manantial delgado que se arrastra bajo los enebrales. Tras un escarpe calvo se tiende un bancal conquistado al monte por la azada; en él se abraza la vid medrosa de la altitud; y los algarrobos mueven sus frondas muy despacio, serios, recelosos. En turgencias suaves y graciosas del peñascal lornasolea el oro de bojas secas, tostadas y resbaladizas; en parajes umbrosos se espesa la hierba corta, tierna. Y vuelve el monte a abrirse en barrancos, a despedazarse en masas de peñas, a presentar suavidades doradas, tersuras sangrientas, verdes alcatifas, desolaciones grises y cantosas... Rueda un guijarro; su chocar aumenta; empuja a otras piedras que eran dichosas en su inmovilidad y altura; y se van hundiendo, se van sepultando. Muchas veces se oye desde muy hondo así como el quejido de la piedra caída. Y todo, a lo lejos, parece un buen señor rollizo, panza en alto, vestido de gris, con manchas verdinegras, aterciopeladas, de pinos y carrascas.

-Este pobre asno, ¡cómo resuella! -pensaba Sigüenza al subir la montaña.

Y dejó esta aflicción para atender a la que infundía el arriero, fatigoso, sudoriento.

Pero no, no le cedió su asiento de enjalmas.

Necesitaba amordazar la conciencia, que continuaba gritándole: «Mira al hombre, mira al asno, mírate a ti...». «¡Oh, basta, basta ya, voz implacable!».

Y para divertirla le dijo al rústico admirándose mucho:

-¡Cuidado si es usted fuerte! Eso, eso es subir, eso... ¿Y cómo puede resistir tanto? La verdad... Yo, estaría acabando y, en cambio, usted..., usted...

-Está uno puesto -contestó jadeante el peón. Y gallardeose.

Cerca erguíase una peña tajada, alta, cenizosa. Los fuertes troncos de viejas hiedras han subido por las grises asperezas sin hoja, desnudos, violentos, retorcidos, trenzándose con saña; pero arriba han coronado la piedra de hojarasca rozagante; colgaban ramitas tiernas, gayas, nuevas; ondeaban mugrones con atavío de hojas negrales y acorazonadas.

A la dulce sombra de esta tocada roca echose Sigüenza; cerca y supino, el guía, con el sombrero sobre la frente y las manos cruzadas bajo la nuca. Apartado, el jumento, pastando entre mirada y mirada al hondo. Allí pardean Murla, Alcalalí, Parcent, Jalón... Sus casitas hacinadas recuerdan esas pequeñas piezas de barro tierno que se secan en la solana de los tejares.

La rambla rasga dos veces el llano.

Miraba Sigüenza esas blancas máculas -dos trozos de papel caídos sobre el viñal-. Y la rambla se le antojó un ser apesarado con la condenación eterna de arrastrarse, seca en estío, cubierta de aguas gruesas, sucias, en días invernales, por la campaña solitaria.

Cosas, lugares, paisajes, miran, expresan grandemente. Acaso ese mirar y esa expresión irradian del alma que los contempla... Mas no; tienen la suya. Los paisajes, aunque sean pomposos, espléndidos, muestran siempre así... como una mueca -mueca, no-, un gesto, un suavísimo gesto de tristeza... ¡Campos y serranía, tan poderosos, tan inmensos, y la mano del labriego los desune, los cambia, los sujeta; y el arado los desgarra con herida lenta y sutilísima; el azadón los despedaza; los rompe el barreno...! Y ellos, sin voluntad, generosos, resignados... Los oscurece la noche y quedan quietísimos: las frondas en sus abrazos, las aguas en su correr forzado por el abierto suelo... Y los alumbra la mañana y continúan pasivos, con los mismos enlaces de ramas, con la misma distribución de verdores, iguales cruzamientos de arroyos y sequedades pedregosas... Viven bellamente la calma. Lluvias o recios vientos los rompen, los asuelan. Y ellos grandes, quietos, resignados, esperando, esperando siempre. No se ven amados del hombre; no es comprendida su soledad... ¿Cómo las almas no se dejan inundar de las dulzuras de los campos y serranía?

La pompa infinita de la viña llamó la mirada de Sigüenza. Viéndola representose el agrio paisaje ya pelado, raído de lampazos por el frío. Los leprosos, solos, siempre solos, miraban la inmensidad gris, parda, rojiza, aguardando con ansia la gemación primaveral de las plantas dormidas. Ellas son el alivio de sus ojos, el único que reciben.

Sigüenza volviose a su acompañante para que le ayudase a trazar con sus noticias la vida de los hombres del mal. El guía roncaba, mugía; su boca torcida y babeante le idiotizaba.

Allá, roznaba el jumento, mirando al valle inundado de sol.

Hacia oriente, detrás de las últimas sierras, esfumadas, picudas y ondulantes, que linden arrugas del cielo, cuelga una lisa cortina azul: es el Mediterráneo.

-¿Y nos vamos a pasar todo el día aquí? -dijo somnoliento el rústico, sin subir los párpados.

Sí, lo pasarán, que por eso llevan matalotaje -le manifestó Sigüenza, con aquello de que comería en su mismo plato y bebería por donde él bebiere-. Y coma, coma usted antes -es fama que le contestó este otro Sancho-, que yo con más holgura comeré después, solo y sin miramientos.

Hablando, hablando, preguntó el caballero al lugareño el precio de sus servicios en tan extraordinario día.

-Por eso no habrá riña, no, señor, no habrá riña -repuso aquél sin mirarle.

Bajo, en la ladera, se movían hombrecitos.

-¿Serán éstos los de la Tabacalera?

-Pues..., por eso del precio no hemos de reñir, no, señor -repitió el indígena pensando que el caballero se distraía con docilidad y presteza odiosas.

Leyó Sigüenza en aquel ánimo y conservó un avieso silencio.

El arriero, ya con la comezón de la desconfianza, añadió atropellándose:

-¿Será mucho, será mucho pedir dos pesetas?

Pausa cruel del otro, que después murmuró:

-Bueno; eso es el jornal de usted; lo que se paga por un hombre; pero, ¿y el burro?

-El burro -repuso el guía-, el burro lo mismo que un hombre.

De nuevo conversaron. Ahora de aquellas manchitas que se ocultaban y asomaban por las haldas cenicientas y pedregosas.

No atendía el lugareño. El enojo turbaba su ánimo.

Cuatro pesetas pedidas, cuatro pesetas otorgadas, sin un asomo de duda ni protesta. Luego bien pudo exigir seis, y aun ocho..., y se hubieran acordado tan prontamente.

¿Qué, no era nada subir hasta renquear por aquella sierra quemante, resbaladiza?

Y el guía dedicó una mirada torcida a Sigüenza, mientras pensó: -¡Miren que para lo que está haciendo!

Sigüenza estuvo muy cerca de ser odiado.

Pero esta malquerencia se desvió para caer en un alacrán enorme, fiero, rubio como el bálago, que apareció al rodar una monda piedra impulsada por un pie del sórdido.

Brillaba el escorpión como un primoroso broche de oro; su cola irguiose comba y amenazadora.

Gozoso y rápido se había separado el rústico, e inclinándose y alzándose andaba por las peñas; hundía sus bastas manos en grietas y huecos matosos, dando indicio de que buscaba cosa de menester y provecho.

Este hombre aborrecía feroz y fríamente a los alacranes. Lo infirió Sigüenza, más tarde, del linaje de suplicio que aplicó al que fue descubierto en la regaladora sombra de la piedra pelada.

Ni le aplastó con guijarro, ni le atravesó con la seca vara que empuñaba, ni acudió a la invención de rodearlo de brasas para que el mismo alacrán, enloquecido, se diera la muerte pasándose con su saeta ponzoñosa.

¿Qué pensaba, qué apercibía aquel arriero?, se interrogó Sigüenza, ganoso de conocer el tormento, bien que prometiéndose enternecerse cuando se llegara su cumplimiento y hasta interceder piadosamente por la víctima.

Desapareció el guía por un breñal.

Sigüenza quedó solo. No, solo no, que allí estaba el áureo armazón de zancas inquietándole, ocupándole toda su alma.

¿Cómo no corría a obligarle que huyese? Sí; ¿cómo no lo salvaba? ¿Qué sequedad y dureza de pecho eran aquéllas?

Y apeteciendo un motivo que le distrajese de su discurso (ya punzador), miró al jumento. El jumento estaba, como si fuera hecho de argamasa, inmóvil; lánguido el cuello; abatidas las orejas. ¿A qué santo esa aflicción? -protestó Sigüenza con los nervios crispados-. ¿Qué remordimientos le atenazaban? ¿Qué lucha interna le consumía? ¡Ah, hipócrita, indigno de ser asno, porque el asno es animal muy serio que jamás usa de falacias y ficciones! ¡Mustiarse! ¡Mirar con amargor el valle! ¿De quién se dolía?

La bestia dobló su largo cuello, le apuntó con las orejas y estuvo contemplándole calmosamente.

...¡Y el otro sin volver! Y la mitad del alma clamaba: «¡Sálvalo, sálvalo!». «¡Señor, ya habrá tiempo!» -replicaba la otra media-. Y aquélla insistía: «¡Sálvalo, sálvalo!».

Una piedrecita que tirase a la víctima haríala huir.

¡Precisaba tirar la piedra!

Y la tiró; pero tan desmayadamente que no alcanzó al animalito.

Sintió alivio, pero momentáneo. ¡Cómo! «¿Otra piedra debo arrojarle, otra?».

¡Y ese guía aborrecible, cómo tardaba tanto!

¡Qué sufrimiento tan agudo y necio! Y todo venía de ennoblecer los seres y cosas más ínfimos y humildes y concederles consideraciones de humanos, o lo que tal vez era más cierto y aflictivo, de bastardearse él, de envilecerse, no sofocando esos chispazos de crueldad que en todas las almas se producen. Crueldad. ¿Qué importa el motivo? ¿Mueve, excita el deseo del daño por el placer del daño? Pues aunque la víctima sea un gusano, el que lo hiere es un miserable.

Así se decía Sigüenza, sin que por esto acorriese, avisase al amenazado escorpión.

Gritó el rústico, oculto entre rocas.

¡Al fin!... Pero..., aun podía salvarlo.

...El guía reapareció, gozoso, diabólico, corcovante como un dios montaraz.

Sigüenza llevose la diestra al pecho para arrancarse otro alacrán que le bullía, con una uña venenosa en cada zanca.

¡Ya no *podía* hacer nada por él!

El verdugo estaba delante.

Además, bicho más sandio y cachazudo no vio en su vida. Pudo escapar perfectamente. Debió escapar. Había quedado sin sombra de refugio de piedra; habría advertido los gritos y cabriolas del hombre-enemigo... Y sin embargo, permaneció en su indolencia de soñador. Ni moverse. Tan sólo, de cuando en cuando, había levantado alguna de aquellas patas angulosas, como si cambiase de postura o montara una pierna sobre otra para aguardar los acontecimientos con más comodidad y regalo.

Bueno; ahora veríamos. Allí estaba su enemigo descortezando nerviosamente unas raíces esféricas, blancas y jugosas.

-Parecen cebollas -murmuró Sigüenza.

-Pues cebollas, cebollas son; cebollas albarranas.

-Ha podido escapar y ni se ha movido.

Los bulbos crujían blandamente y manaban.

-Ahora verá si se mueve.

Y el guía dio a probar a la víctima un copo de aquella carne blanca.

Levantose agresivo el astil del alacrán y bravíamente hincose en la cebolla. Pero de pronto, se apartó y se retrajo con torsión de atormentado.

El arriero sonreía; en cada arruga de su cara se hacía una sonrisa de deleite. Sus ojos, de mantenerlos fijos en el escorpión, lagrimeaban.

Tenazmente iba acercando el fruto blanco al broche vivo de oro, que lo acometía con fortaleza y se replegaba de dolor.

Y el hombre le aplicaba la raíz, y el animal la pinchaba y huía.

Al fin, no pudo desclavarse de la carne zumosa.

-Parece que se estira, que se pone de pie, como una persona, ¿verdad? -gritó regocijadamente el verdugo- ¡pues lo hace del sufrir!

Sigüenza se despreciaba, se baldonaba, sin apartar los ojos del suplicio.

Y el alacrán fue azuleándose; simuló una madeja de venas. Se amorató; se oscureció; se puso pavonado. Después, negro; más negro; hinchose; murió.

-Con esto pasa más que con nada del mundo -dijo el guía mirándolo colgante de la cebolla borde-. Le dura la vida hasta ponerse negro, y ya ve si echa colores y tarda en echarlos; ¡entre tanto, piense lo que sentirá!

Después de un instante de silencio, siguió:

-Si yo pudiera, no quedaría raza de ellos. Uno me picó aquí -y señaló el calcañar izquierdo-. ¡Granuja!

-Debe de ser su picada mala -dijo llanamente Sigüenza.

-Su picada es mala, pero peor que lo que me desbarató.

Contempló un momento a su víctima y la aplastó contra una peña.

-Peor fue lo que me desbarató -repitió exaltándose-. Yo no soy ladrón, pero yo robaba en una viña de mi hermano, y robaba porque aquella tierra debía ser mía, y muy mía, que yo no soy ladrón. Y yo pisoteaba y arrancaba cepas; y nadie sabía quién era el que lo quitaba y aplastaba todo. ¡Qué habían de cogerme a mí! Pero una tarde, junto a un margen, sentí que me pasaba el pie un agujón de fuego. Yo rabié de dolor; grité, sin saber que gritaba. Me vieron. Vinieron a mí. En la heredad siempre estaban mirando y mirando... Yo ahora, ya ha visto lo que les hago. Ese veneno de la cebolla albarrana es peor para ellos que si los tostasen vivos; ¡yo lo sé!, llevo *mataos* muchos.

Y aquel hombre rió fuertemente. Dañaba y mataba por venganza. ¡Sigüenza, ni aun por venganza había permitido el suplicio!

Nada; no habían visto ni una mata de tabaco.

Y el aseado viejo, en tanto que hablaba con Sigüenza quitose el sombrero y se acarició blandamente su cabello copioso y ondeante.

Un almendro les daba sombra.

-¡Pero si por aquí no debe de haber ni una hoja de esa planta! -aventuró Sigüenza.

El viejo hizo una sonrisa pequeñita; las arrugas de sus ojos, que le pasaban de los pómulos, se oscurecieron y complicaron; y misterioso y dulzón, dijo:

-Hay confidencias...

¡Qué bien pronunció esta frase! Mejor no la dijera el más desvanecido diplomático.

Sigüenza contempló a los de la ronda. Estaban abrasados, extenuados por buscar unas matas. Lo hacían forzados de un jornal miserable. ¡Los pobres! Pero, los pobres, ¿por qué mostraban encendida la mirada, deseosa de la planta, y al verla se regocijaban y la arrancaban hasta brutalmente?

¿No era esto malquerer, perjudicar, con voluntad inmensa, con voluntad horra de toda fuerza del hambre, libre de todo mandato odioso?

...En la altura, un hombre voceó.

¡La confidencia resultaba infalible!

Fueron a una cañada. Hacíase una gradería humilde de bancales de viñas. Remataba en un escarpe.

Bajaba un hombre arrastrándose.

-¿Qué, qué...? -pidiéronle todos.

Se oía con miedo el latido de su corazón; le llovía el sudor por la frente y le cegaba.

-Sí que hay. Las he visto asomándome desde lo más alto. Sí que hay..., pero las guarda uno que debe ser el dueño; está echado entre aquello negro - e indicó las manchas de un enebral frondoso.

Manifestaba fiereza, vanidad. Le placía su hallazgo... Y a Sigüenza... también. ¡Si para ver a esos nombres buscando las pobres plantas, subió a la sierra!

...El último escalón de viña, el más encumbrado, entrábase en una garganta del peñascal, y en este abrigaño, entre almendros nuevos, lisos como varas, vivían recatadamente plantas anchas, amarillentas, enfermas; eran pocas; no llegarían a seis.

Anduvieron algunos pasos los de la ronda.

Repentinamente quedaron inmóviles.

Un cuerpo horrible había surgido de los enebros.

-¡Es Batiste, el leproso! -exclamó Sigüenza.

El sol aparentaba fundir costras y llagas. Una desgarradura de la pringosa camisa enseñaba un trozo del perno: blando, cretáceo, hinchado, parecía carne quitada a un cadáver.

Batiste sonrió.

Y el limpio viejo le invitó a separarse, porque necesitaban desenterrar las matas.

-Son mías; son mías -dijo el silbo de la destrozada laringe. Y el leproso echose en la tierra tranquilo ya, confiado en que los hombres sus hermanos no le dañarían, porque estaba leproso y vivía en amargor perdurable.

-¡Son mías; son mías!

Todos callaron.

Pero se impacientaban. En sus almas se encontraban la lástima y la rabia.

Un pájaro cantó primorosamente.

-Sí; ya sé que son suyas; pero yo he de cumplir -Era el jefe; necesitaba ejemplarizar; era responsable... Arriesgaba el pan de sus hijos... Eso, eso, el pan de sus hijos... Pues antes era el pan de sus hijos que el tabaco, que el vicio de aquel monstruo.

Y alzó la voz:

-Apártese. Vosotros: despachad.

Se grifó Batiste. Espantoso, amenazador, púsose delante de sus plantas.

Pronto cayó su furia. Sonreía de nuevo. Su boca era otra llaga.

-Esto es mío; estas matas son mías -repitió en lengua valentina-. Yo planto tabaco para fumarlo yo solo. Yo paso mirando el humo como si tuviese compaña. Y no puedo mercarlo. ¡Dejadme; mirad cómo estoy!...

Y otra vez iba a recostarse en la tierra, porque no esperaba más que la paz y el amor de los hombres.

Pero el viejo rollizo y atildado no pudo otorgarle la paz.

No podía; el ejemplo; la responsabilidad; el pan, el pan de sus hijos.

Y dos hombres se adelantaron... Revolviose el leproso; sus pies golpearon el bancal; avanzó con fiereza; siniestros los ojos, temblorosos, colgantes los labios. Y su voz, silbo y bramido a un tiempo, rodó por la sierra:

-¡¡*Lladres, lladres*... Al que venga le escupo!!

Su boca hervía en saliva.

- VII -

Paseaba Sigüenza por el camino. Veía, hacia la diestra, amontonarse el pueblo trepando por el peñascal. Al sur se tiende el paisaje en vastedad severa que limita la ancha sierra.

Entonces, atardecía.

No cantaba una voz en el campo; no salía tampoco del pueblo que semejaba desierto, en abandono: un brazado de casucas arrancadas a otra ciudad y vertidas allí como cascote.

Todo en silencio.

Un altillo rocalloso, que parecía la espalda de algún monstruo dormido, se presentó a los ojos de Sigüenza.

Apenaba la enferma vida de un viñalico agarrado a las peñas. Algunos pámpanos pajizos y crispados se asomaban a la tierra de abajo, roja, pingüe, ataviada de pámpanos oscuros, jugosos y opulentos.

Golpes lentos, isócronos, de hierro contra roca, salían del altillo. Y Sigüenza vio dos hombres haciendo un barreno.

Despedazaban la piedra para la carretera que se construía; franja polvorienta que serpeando por el valle, subiendo el Carrascal, precipitándose por las otras haldas, se arrastraría entre pueblecitos humildes, tan bellos ahora en su soledad y apartamiento.

Y Sigüenza creyó que el paisaje le miraba entristecido, como quejándose por anticipado de los rumores plebeyos, de las voces brutales, del chirriar de los viejos carros, del estruendo de la diligencia, crujiente, loca, cubierta con el descomunal sombrero de la baca... Sí, el paisaje mirábale pesaroso; iban a quitarle su calma, su distinción, su sueño.

...Los hombres, apoyados en la barra con que horadaban la peña, observaban curiosamente a Sigüenza. El cual les preguntó -tan sólo por justificar su parada ante ellos- hacia dónde estaba la masía de una leprosa joven y horrenda, de la que habíanle ya hablado en el lugar.

Los trabajadores no supieron decirle palabra, porque no eran de Parcent; llegaron días antes para arrancar piedra.

...Apartose Sigüenza.

Tornaron a oírse los golpes lentos, iguales, de hierro contra roca. Luego cesaron. El caminante volviose; los hombres le miraban seriamente. Sigüenza prosiguió. Los golpes resonaron hondos y pausados... Y callaron. Sigüenza se volvió; los jornaleros le miraban sonriendo. Y así, así, hasta que traspuso Sigüenza una vuelta del camino.

La casa es blanca y su puerta se techa con la parra perezosa, con la parra levantina, grande, jocunda, amiga.

El riu-rau está encalado. Cerca, rezonga una noria. Un olmo sube torcido y entre el negro encaje de su hojarasca parece más azul el cielo.

Ante la casa se plegaba primorosamente la tierra en rectos caballones de hortalizas (allí estaban las coles ampulosas y veñudas; el apio, en otro tiempo glorioso; las garridas y verdigayas lechugas). Seguía un bancal pardo y arenoso, manchadlo por los rastreros lampazos del melón perfumante; naranjos redondos, tupidos y oscuros, como bolas de hiedra, eran el aledaño de un maizal alto, de cuyas mazorcas colgaban azafranadas vedijas. Arriba, se estremecía mansamente el oro de los penachos.

Al norte, el viñedo se puebla con casitas emparradas; se hacinan las arcadas de los sequeros. En septiembre, Parcent y todos los lugares de esa comarca quedan desiertos. La gente se trasiega a las masías para curar las uvas...

A Sigüenza le dijeron que en esa casa blanca vivía una lazarina joven más llagosa que Batiste. Tal vez no consiguiera verla. En hablarla no había ni que pensar.

«Ocultábase hasta de los perros; aun no columbraba un hombre ya se había escondido o se velaba la cara como una mora». Así decían de la mujer joven y horrible.

...La vio Sigüenza desde lejos. Representose su fealdad, que distinguirla no podía, desde los primeros bancales de la lozana huerta.

«Si yo me acercase, si yo me acercase..., ¡cuánto no me diría de su vida de inmunda! Los males desbastan el espíritu, lo agrandan y hermosean... Y esta mujer al mostrarme la hondura de su pena recibiría consuelo... ¡Si yo me acercase...!».

Sigüenza no se movía. Mirose *por dentro* puntualmente, y supo que no avanzaba porque... sentía miedo, ¡miedo! ¿Al contagio de la lepra? No, no era a eso... ¿Entonces?... Aun se preguntó: ¿Será lástima, respeto? No; miedo, un miedo inefable.

¡Qué pequeñito este Sigüenza!

Estaba sentada la leprosa junto al estoposo y desgarbado tronco de la parra.

Díjose Sigüenza: «Yo no me acercaré demasiado, pero al menos hasta esa tierra sombría. Desde aquí nada se ve». Avanzó; y fue a los naranjos redondos. La leprosa cubriose la cara con un lenzuelo y apoyó los codos en las rodillas y la barba en las manos. Sigüenza pasó al bancal arenoso. La leprosa se alzó. Anduvo más Sigüenza. Ella entrose en la masía. Después, lenta y salmodiante se cerró la puerta.

Y el crepúsculo terminaba. El cielo blanquecino, allá, sobre las sierras del ocaso, se teñía de violeta que suavizándose acababa en color de carne; de rosas de té muy pálidas...

Sigüenza regresó al camino.

El maizal era ya una espesura quietísima, callada. Enfrente azadonaba un hombre. Otro pasó copleando sobre un jumento grande. Su canturreo tembloreaba por el portantillo de la bestia.

Fresca y doliente cantó una voz femenil. No era canción de las que entona, para darse compaña, zagaleja que retorna sola y medrosica por los campos a su casería; no era canción de hastiada, sino de amante que del querer sufre y se estremece.

La canción, en la tarde tranquila, melancolizaba como campanita de humilladero oída en la soledad de una colina cuando tramonta el sol.

Sigüenza acercose otra vez a los naranjos. Andaba recatándose y arrastrándose.

La leprosa, sentada fuera del emparrado, creyéndose sola, dejaba patente su fealdad, y cantaba.

A Sigüenza le bañó una ola del sentimiento que inundaría a un alma hidalga y casta al sorprender una mujer desnuda. Pero, triste, despechado, comprendió pronto que su delicadeza le abandonaba.

¡Iba a mirarla, iba a mirarla! Aunque *ella* no lo supiese, la ofendería villanamente. Ella era la Diana de la fealdad. Contemplarla era sacrílego.

¡Fuera sacrílego infame, rufián, él quería mirarla, Señor!

¡Oh, si ella lo supiese! ¡La pobre doncella que cantaba dulzuras de amor! ¡La pobre doncella llagosa de lepra, mirada por hombre!... ¡Si ella lo supiese!

En el vestíbulo del hostal, la gente zumbaba.

Sabrosa reunión de lugareños, todos grandes políticos. Escasa o bullente, la había muchas noches. Pero los sábados era segura y duradera la junta. Más que sahumar la política propia, se dentelleaba la contraria, y más que la política, a los hombres. Pero esto es rancio.

Cuando entró Sigüenza, barbullaba un labriego descomunal, un gigante en mangas de camisa y afeitado, de cuya diestra colgaba una cayada de almez, así de grande como un tronco.

Sigüenza no comprendía nada. Los demás, sí, que uno replicaba, otro interrumpía, cuál chanceaba de lo Labiado por ese labriegazo que tenía la facultad estupenda de decir a un tiempo manojos de palabras. Sonaba despejada y lisa la primera, proseguía un rumor como de tinaja que se llena y ya todo confusión, espesura, basta el último vocablo.

Y Sigüenza admiraba a aquellos hombres que presta y seguramente lo entendían.

Es que Sigüenza se pasma del sabio y delgadísimo oído de la gente campesina. Veis un campo donde trabaja un rústico. Distante, asoma otro que dispara una voz. El que faena, sin dejar el azadón, se desarca levemente y envía otro grito: es maravilla; ya se han entendido. ¿Será que estas gentes se saben las palabras de todos los del pueblo o las emplean iguales, y del sonido y tonada de la frase infieren la intención?...

Ya le acedaba la verbosidad del gigante afeitado. ¿Por qué este satanás de hombre no había de permitir la vez a lengua más expedita? Encarado con Sigüenza, mostraba hacerle honor, *explicándole*, él -el más corpulento y forzudo-, todo el asunto de la noche. Sigüenza, que es apocado, mirábale, fingiendo entender y complacerse. Yo sé que en su interior tildábase de sandio y se desesperaba.

Barruntó que no era político el discurso. Y al fin, se enteró; se enteró, sí; pero costole agobios y esfuerzos.

Hablaban de la bravura de un hombre; de un licenciado de presidio famoso por sus desmanes. Y era este hombre alcalde de un pueblo no muy lejano a Parcent. Fue impuesto por un diputado que le debía muchedumbre de votos en aquel lugar.

Todos referían hazañas y hazañas; y sin saberlo, vertían ungüentos sobre la cabeza de aquel héroe. Todos al hablar ponían gesto de admiración.

Mentábanse sus andanzas de tan universal manera, porque había llegado la nueva de que, aquella tarde, enemigos del bravo habíanle acometido en plena calle; y él, postrado, manando sangre de mortales heridas, aun mató a un contrario y ahuyentó a otro.

¡Era grande, era admirable este corazón!

Parcent, tierra árida de leyendas, nutría con esa ajena figura las naturales y españolas ansias de ficciones y consejas en que tanto abundan otros lugares.

Apagábase la vida del hombre a quien debían entusiasmos, temores, enternecimientos, por sus hechos, recontados muchas tardes, después de la faena. Y Parcent, agradecido, pagaba ensanchando la talla del héroe.

Quién decía que *lo* viera cuando descolgose por el muro de cierta casa después de descabezar al señor vicario del pueblo. Otro, que hablara con *él* en días que iba asendereado por ejércitos de guardias; otro, que presenciara la feroz venganza hecha en su hembra. Y así todos fueron ensartando aventuras. Y nombrándose a sí junto al hazañoso, creían participar de su valor y sentir la voluptuosidad, el beso de la lisonja.

El sereno, echado sobre una hoja de la puerta del hostal, sorbía con avidez aquel copioso decir, aquel alimento imaginativo que después rumiaría vagando por la soledad de las calles negras.

Habían sonado horas en la torre; pero a la sazón, un pollastre rojo y chato pintaba al hombre incomparable imponiendo su antojo con sólo una monda rama de olivera en furioso grupo de adversarios. Y el sereno, con la fiebre que debió abrasar la sangre del hidalgo Quijana cuando leyera fazañas como la de Esplandián quitando el león de sobre la cámara de vidrio, ni más ni menos que si se tratara de un palomo o de una liviana granza; el sereno, digo, olvidose de dar su canto.

Un chancero, mal intencionado, se lo advirtió ya cuando el deber había sido lesionado. Y el otro corrió acucioso al centro de la calle y allí arrojó la hora, como quien desembaraza la boca de un buche de agua.

Uno de la junta deslizó que mal suceso habría el sereno si su afición a esa tertulia fuese sospechada de cierto sujeto de jurisdicción, contrario a ellos.

¡Oh, tornadizo natural humano!

La atención de los reunidos apartose del glorioso héroe.

Bramó el enorme labriego, haciendo un terrible aspar de brazos.

Dirigiose a Sigüenza preguntándole algo. Sigüenza trasudó. El gigante le repitió la interrogadora y vertiginosa masa de vocablos.

Nada; Sigüenza no lo comprendía, no lo comprendía.

-¡Valenciano! -gritó el huésped riendo-. ¡Pero si le está hablando en castellano!

-¡Santo Dios! -dijo Sigüenza, y no dijo más.

Enmudeció el gigante. Era de enojo y amargura su gesto.

Todos callaban.

A hurtadillas miraba Sigüenza al labriego. Lastimábase de él, pues mostraba dolor. Mudo, inmóvil, grande, trágico. Figuraos un viejo molino con las aspas quietas, inservibles.

El posadero, aun con risa, exclamó:

-Le *desía* éste que usted que viene a ver leprosos podía ver y hablar a... -y aquí repitió el nombre de no sé qué autoridad enemiga a ellos en política.

-¿Está leproso? -preguntó Sigüenza.

-Leproso está, leproso.

Y un joven gordo, en cuyo labio brillaba el rubio esparto de un bigote lacio, mostró solemnemente un portaplumas. Era escribiente del funcionario dañado; pero llevaba su pluma; «ya comprenderá usted por qué, señor Sigüenza» (y pronunció la zeda muy bien).

El señor Sigüenza no comprendió.

-¿Cómo quiere usted -dijeron en coro los reunidos- que éste toque lo que toca el otro?

-¡Ah, es verdad!

Y el joven, muy seriecito, movía dulcemente la cabeza.

-Pero, aunque sea leproso -murmuró el forastero-, no vivirá con los que tienen ese mal.

Entonces, una vocecita helada, incisiva, con sonecillo de risa, la voz de un viejo que estaba sepultado en la penumbra, dijo tardamente:

-Ahora, sí que vive entre nosotros; pero apenas deje vara y mando..., ¡ya verá, ya!...

Y todos rieron en silencio.

Una brisa de recuerdos de la leprosa tocó el alma de Sigüenza. Y la nombró.

Claro es que la conocían. Vivía con su padre y un hermanito ya sospechoso. Su hermana, joven, gallarda, sana, habitaba en el pueblo. Algunas tardes iba a la huerta del olmo negro y torcido, y, distanciadas, se hablaban la gentil y la horrenda.

Después celebró el huésped el poder y lozanía de la voz de la mísera.

Casi todos guardaban ya silencio de cansancio, de agotamiento. Algunos, distraídos, fumaban; otros dormían.

El humo del tabaco se espesaba en niebla. Levantose el posadero; sacó de la cuadra un macho; púsole los cántaros en las argueñas, y:

-Voy a la fuente -dijo.

Era la frase disolutoria.

Quedaron revueltas las sillas; flotaba el humo. Alguien, al salir, movió el lampión, pendiente de un alambre enlutado de moscas. Y en la pared danzaron sombras de sillas, de mesas, de copas, de un jarro figurando un gallo.

Sigüenza se fue con el huésped.

Negra, calmosa estaba la noche. Posaba el aire.

Lejos, por donde vivía la leprosa, llameaba el cielo con relámpagos blancos.

El recuerdo de la moza horrenda impresionaba a Sigüenza más tiernamente que el de Batiste, hundido en la zahúrda, defendiendo con salivazos sus plantas enfermas.

La leprosa canta en la soledad de su huerto. Su voz se embalsama entre los naranjos tupidos..., llega al camino... ¿Lo cruzará algún caminante joven, solo, sin amores?... ¡Oh, que lo cruce, y... para él su canción, para este solitario!... Que lo envuelva con la delicia que dan los jardines en noches primaverales... Que lo enamore siquiera hasta que se aleje y se pierda... Habrá sido un momento; pero un momento dichoso, de gloria de mujer bella; no ha horrorizado, no ha atribulado... Él pensará en ella sin asco ni lástima...

Acaso ahora la sacudía el mandato al goce de la noche ardorosa, sensual, tocada con terciopelo prendido de diamantes de estrellas.

¡Y el goce se alejaba como otro caminante muy cruel que sólo oía la risa y la voz de los cuerpos bellos, fuertes, sin lepra!

Las tapias enramadas de las alquerías, las huertas, la tierra, respiraban olores acres.

La dulce sonata de la fauna se elevaba hacia el cielo.

El agua de la fuente caía turbulenta, gruesa, estrepitosa.

- VIII -

El huésped dijo:

-Mire: ahí, en esa casa *conosco* bien. Podemos sentarnos, y me creo que verá pasar algún leproso. Frente por frente vive una de esas del mal.

Asintió Sigüenza y entraron. Y vieron una mujer joven que pesaba harina, fiscalizada groseramente por una vieja cenceña.

Rapaces con delantales de luto manchados de blanco subían y se arrastraban por muros de sacos henchidos.

En un arcón mostrábase abundosamente el trigo y el maíz. Medio hincados en esos montones brillaban los cogedores o uñas de lata.

Rica fragancia de salvado y harinas llenaba la limpia tienda y hacía pensar en blancos hornos campesinos y en tiernos panes tibios y sabrosos.

Por una vidriera sin vidrios pasábase a un aposentillo de cuyas paredes colgaban, como presentallas en altar de santo milagroso, racimos de hormas, patrones de cartón para calzares, trenzas de cordones negros y datilados.

Un hombre anguloso, extenso de cuello y enorme de manos, encogido en la femenil postura zapatera, cosía un remiendo a una bota negra, vieja, hinchada; semejaba de ahogado.

-A todo se da -gritó alegre el posadero-; *hase sapatos*, vende harina, trata en granos... ¡Qué sabe, qué sabe usted!

-Sí; pero que cuente el señor -exclamó riendo el aludido-. Siete hijos; la mujer, ocho; su madre, nueve; la casa, diez; la contribución..., ¡ah!, y lo que vendrá...

Esto decíalo por su mujer, cuyo talle era más ancho de lo que conviniera.

-¿De modo que siete y *éste* ocho? -preguntó Sigüenza; e inconscientemente buscó con la vista a la que vendía harina.

Y el zapatero, que era trascendido, murmuró:

-No, no crea que *fue* ella sola; ésta hace la tercera. ¡Y mire: sin mujer no hay pasar!

Palpitáronle los labios y los gruesos cartílagos de su nariz, que pendía temeraria en busca de la barba, aguda y saliente. Lo maravilloso en aquella cabeza era la frente: grande, lustrosa, fina, descarnada, y arrugábase pronto y de sutil manera; debía plegarse el hueso, que piel parecía no haberla.

Mordiose el bigote y dijo breve y rudo:

-¡Fuera!

Y los rapaces, que habían rodeado a Sigüenza mirándole como a barraca de feria, huyeron despavoridos a las hacinas de gruesas sacas.

El bienaventurado huésped, riendo y señalando la copia de muchachos, explicó:

-Esas ropicas negras son por la *última*, y ésta, ya lo ha oído, ya tiene lo suyo... Qué, ¿qué le *parese*, señor de *Sigüensa*?

-¡Qué quiere! Yo, sin mujer..., no puedo, no puedo... -replicaba el de la tienda.

Despúes preguntó al forastero:

-¿Y usted, qué, por los leprosos? Ya lo sé, ya. Todo el pueblo lo sabe. Vienen muchos a verlos, pero hacer, nadie hace nada. Los miran, los miran y se van...

Hablaba inquietamente. Se retorcía, se plegaba sobre su escabel, mientras sus largas manos trabajaban en la bota negra, de blandos elásticos, hinchada, de náufrago.

-Un médico -prosiguió-, no sé si ruso o qué, vino y trajo unos pomos de un unto que, según decía, ponérselo era curarse de toda lepra, pero curarse, curarse. Pues tres o cuatro que se pintaron o dieron con esa medicina, los mismos se curaron..., que a poco tiempo murieron.

Hablaban en la tienda la mujer joven y la vieja de mirar codicioso.

Mentaban repetidamente «un medio real, un medio real».

Continuó el zapatero:

-Ahí, en un paraje que no está muy lejos, sano y apañado de árboles, quieren poner el lazareto, el hospital de leprosos. Ya va tiempo que esto suena..., pero hasta ahora no hay más que el terreno..., y porque lo da Dios.

Esto, el huésped lo tuvo por colmado de sales, y rió de modo estrepitoso. Motilón o distraído, él rara vez conseguía la intención de una frase aderezada de dicacidad o donaire; pero si la alcanzaba, o siendo roma la diputaba de aguda, entonces reía, reía largamente.

Y el tendero añadió:

-No todos los que tienen la lepra quieren el hospital. Algunos hay que dicen: «¡Siquiera vivir libres, y no que campanada para dormir, campanada para comer!». Que curen y socorran, pero sin encierro.

En la calle gimió una puerta.

El zapatero dejó con rapidez en la mesita los trebejos, y asomose a la reja del cuarto.

-Ahí enfrente vive una leprosa que apenas si le quedan manos. Yo pensaba que era ella la que abría o cerraba y es el marido que habrá entrado.

Sigüenza acercose y vio una pared enjalbegada, una puerta baja; encima, un ventanuco, donde una cazuela desbocada nutría una albahaca pomposa.

-El marido está limpio como el ojo de un pez, ¿no maravilla esto?

Y el zapatero se restituyó a su pequeño asiento.

Complicáronsele las estupendas arrugas de su frente en sus ojillos negros se encendieron luminarias y habló de tiempos felices y amorosos de la leprosa, antes de serlo.

Fue apetecida con furia de mozos y viejos.

-...Yo no he visto mejores carnes que las de ella. ¡Qué macizas, qué redondas! Al andar se movían de modo natural y decente. Aquello... ¡Fuera! -tirité con sana, interrumpiéndose.

Y la sarta de chiquillos, que, tácitos y cautelosos, habían invadido el estrecho taller, salió deshaciéndose como espantado grupo de gorriones.

-...¡Aquello -prosiguió el rijoso-, aquello era una hembra! ¡Plato de reyes! Yo me recuerdo bastantemente. Ella, así que se vio con el mal, se agarró a cualquiera. Ahora pasan por su costado sin mirarla. Y yo no la miro como no sea para decirme: ¡Señor, Señor!

Martilleó suela. Después dijo:

-¿Y a usted qué le parece esto? No le agradará, ¿verdad? ¿Qué hay que ver?

Aquí, Sigüenza le enteró de haber subido al *Carrascal* y bajado a una admirable y caprichosa cueva, descubierta en el mismo pueblo; de haber recorrido las huertas más grandes y frondosas y los vinales más ubérrimos.

-¡Más que yo, más que yo, y en tan poco tiempo! -exclamó el zapatero-. Y yo vivo en Parcent ya para veinte años... ¡Pero si no puedo ni salir!... De tarde me siento a la puerta y fumo durante un rato. Un amigo me dice adiós. Pasa un leproso y otro. La de ahí enfrente, sin mirarme, arrimada a la pared, se entra en su casa. Y yo, vuelta al trabajo... ¿Es esto vida?

En la tienda seguía la vieja que mercaba harina.

Estaba verdosa, hosca, terrible. Su afilada laringe amenazaba rasgar su cuello plegoso.

Decía -y miraba sesgadamente a la tendera- que la cuenta la entregara justa y muy justa.

Aquélla, extendiendo un brazo, señalaba el montón de panizo del arcaz y afirmaba que allí había puesto los dineros; nadie entrara; no alcanzaban los chicos... y los dineros veíalos faltos.

Porfiaba la vieja que los trajera cabales.

La joven, que menguados estaban.

-No es por el medio real.

-¿Que yo lo digo por el medio real?

-¡Ya sabemos adónde va medio real!

La calle baja, estrechada por rojizas tapias de corrales. Sigue el campo. Los primeros bancales erizaban las rotas y blancas cañas de los rastrojos, Alguna piedra brilla, algún trozo de vidrio o un retal de lata centellea. De la tierra seca, resquebrajada, del ambiente encendido, de todo, brotaba como un hervor enorme, agobioso que ensordecía; no era cantar, era un universal rugir de cigarras.

Por una esquina de aquellos tapiales apareció un hombre enlutado. A la espalda le colgaba un haz de hierba goteada con la grana de las amapolas.

Súbitamente el hombre retrocedió. Huía atravesando el ancho solejar de una tierra calma, cuando lo distinguió el posadero.

-Ese es el leproso que baja por las tardes al puente. Ahora verá.

Pero notando que aquél se alejaba, pisándose, cayendo del ansia de correr, le voceó desaforadamente.

-¡Si es un médico el señor -gritaba-; que es un médico! ¡Para, paraaa...!

Se detuvo el lazarino, vuelta la cabeza a la sierra para no mirar a los hombres.

Su cara era brillante, blanda, tumefacta; entre postemas y carúnculas amoratadas salían pelos lacios.

Le habló Sigüenza.

-Estoy así siete años, siete años... ¡Lo que el Señor quiera!

Y sonrió su boca llagada, pero sus ojos humildes mostraban recelos y se abatía su frente.

Le habló más Sigüenza.

Y el mísero, siempre en habla valenciana, decía:

-¡Lo que el Señor quiera! ¿Qué hay que hacer sino lo que el Señor quiera?

Y alzaba la cabeza y miraba al cielo, como si ofreciese su dolor y exclamase con Epicteto: «*¡Oh Dios, llueve sobre mí calamidades!*».

...Se fue agobiado de vergüenza, cayendo, pisoteándose, puesta una mano hinchada sobre su ruda frente melancólica.

-¿Y lo ha *dejao* ir tan pronto? ¿Qué ha sabido, pues? -dijo el hostelero.

Era crueldad mirarle y hablarle. Además, su alma estaba patente: mansa, resignada, lo había puesto todo en manos divinas. No, él no bramaba, no se enfurecía, no se rebelaba por su vivir de fiera.

Siete años de lepra... Y pensaba en los enfermos que conociera. Uno había durado catorce años; otro, doce; otro, nueve... Él, cumplía los siete; pero no había la fortaleza de sus hermanos. Su mal se precipitaba; lo acabaría pronto. Sus pies, sus manos le pesaban como peñas. Una fiebre continua, sutil, le dejaba en la piel podrida un diminuto rocío de sudor. Él esperaba el fin como un místico.

«Por mí han dejado los mortales de mirar con terror la muerte» -dice Prometeo encadenado.

Las Oceánidas exclaman:

«¿Y qué remedio hallaste contra ese fiero mal?».

El dios mártir responde:

«Hice habitar entre ellos la ciega esperanza».

Por la tarde salió Sigüenza.

En un *mas* cercano al pueblo bebió agua fría de pozo y se sentó.

El masero, hombre flemático, insignificante de labios y hundido de ojos, calmosamente le hablaba de que conociera a su padre, al de Sigüenza, cuando aun no era tal padre.

Era cuento el suyo de muy memorioso.

Sigüenza miraba la hondonada viciosa de higueras, de olivos y manzanos, donde fluye la fuente. Detrás, los rius-raus, amontonados, fingen ruinas, pórticos viejos y rotos de un pueblo antiguo.

El labriego estaba satisfecho del faenar del día; veíasele en lo suave del discurso, en su general reposo. Fumaba y quería conversar. Sigüenza prefería el silencio. Pensó: «Yo puedo endichecer a este hombre con narrar o nutrir sus glosas a la vida». Pero Sigüenza estaba dominado aquella tarde de un feroz egoísmo. Y no hablaba. Ahora, sus ojos recorrían el campo, que iba apagándose dulcemente.

Junto a la casa se hace un sombrajo de cañizo mal tejido y de paredes de adobes. Sucede la era gredosa, ancha como una charca quieta de fango; a una orilla, restos de un almiar y otro largo, entero, tumbado.

Llegó una mujer gruesa, tuerta, pañosa. Trabado de su diestra, colgaba un gallo grande, de recortada y encendida cresta; su casaca amarilla y negra daba tornasoles verdes y morados.

Pidió que se lo comprasen. Lo había menester para remediar a su hombre que estaba consumido de dolores. Sólo en tal trance podía vender su pollo, sacado por palomos y criado con sus manos. Y la mujer jesuseó y vertió lágrimas.

Lo compró el labriego.

Quedó el gallardo animal en la era, empinándose sobre sus zancas poderosas, estirando el fastuoso cuello, volviendo a todo paraje su cabeza de hidalgo de corva nariz y ladeado chambergo.

Todo lo miraba con pasmo; después, altaneramente.

Frontera a la casa, una bardilla de polvorientas pitas ceñía, a trechos, llana tierra segada.

Por allí se movía, muy pausado, un grupo de gallinas presididas por su macho.

Más lejos, negreaban los pavos.

Todos vieron al advenedizo. Y se acercaron. Perdió aquél su altivez, pensó en la fuga. Mas luego embraveciose.

Sus pupilas negras y anaranjadas y su cresta puntosa se inundaron de sangre; erizosele la fina plumajería de su elegante cuello y pisando bizarramente avanzó hacia el enemigo.

Dos desgarbados pavos, hundidas las cabezas en la negra sotana de sus plumas, llegaban cojeando y empujándose.

Sigüenza los miró con enojo, con rabia.

Necesitaba que algo se la inspirase para no sentirla por sí mismo.

Dos seres iban a acometerse; los dos eran briosos y fuertes. Y él, Sigüenza, esperaba la riza con deseos y comezón remordedora. ¿No era esto una baja mixtura, un vergonzoso cruce de sentimientos? Sí, mil veces sí. Sigüenza era incierto, indefinido. O totalmente cruel o indiferente o piadoso. Alas participar de los tres naturales, eso era de almas plebeyas.

Necesariamente Sigüenza había de salirse de sí mismo y odiar a los pavos para no vituperarse por sus flaquezas, para evitar interior lucha, como la sufrida en la sierra ante el suplicio del alacrán.

Afición resuelta tenía por el pollo recién comprado. El émulo era alto, grueso, blanco, rubio; con grandes barbas purpúreas; con largos dedos aristocráticos y agudos espolones que pedían exterminio. Su cresta en cambio era femenina, pequeña; semejaba un gran señor, bien vestido y que no usara nada en la cabeza por dentro de casa.

Los rivales caracolearon uno junto al otro, diciéndose tremendas injurias con voz entrecortada, trémula de ira.

Sumisas, frías, cobardes, las gallinas picoteaban por la era. Algunas murmuraban hipócritamente con el pico cerrado y una pata en alto.

Una hembra rolliza, moñuda y calzada, se detuvo junto a los machos. Quizás era la favorita del de la masía y dábale ánimo y pujanza, mostrándosele con todos sus mimos adorables y lascivos; tal vez romántica, generosa, placida de la gentileza del *nuevo*, lastimada de su soledad, le acorría mirándole y alentaba con promesa enardecedora de caricias en bancales soleados...

Los pavos se hinchaban, se erizaban. Dejaron caer las rodelas de sus alas; desplegaron la cola. Las carnosidades de sus cuellos reventaban de sangre; sus fieros ojos tenían cercos azules.

Aquellas cabezas repulsivas tornábanse amarillas, blancas, bermejas, lívidas, verdosas, cual si un cristal prismático les fuera prestando el iris.

¡Oh! Estaban amenazadores, imponentes como locomotoras de plumas. Y pasaban y repasaban estruendosos cerca de los adversarios, vomitando las baladronadas de su canto semejante a un ladrido.

Hubo lucha cruenta.

El advenedizo sucumbió. Huyó a las pitas.

Rodearon las gallinas a su macho, que envió al cielo su grito regocijante de victoria. En la paja caída de los almiares escarbaron afanosamente. Y el vencedor gozó de una manceba opulenta en plumaje prieto y sedeño. Cantó otra vez. Ahora hizo dulce sonar de zampoña.

¡Venció, gozó y cantó en la tarde bella!

Olvidaban generosamente al *nuevo*.

Los pavos, no; los ruines lo echaron de su refugio, lo persiguieron azotándole con sus firmes alas. Tenían en su saña gesto aborrecible. La masera sacó una colodra bien mediada de oloroso salvado.

El gallo corneteó avisando a sus hembras.

Acudieron también los perseguidores pisándose, atropellándose.

El vencido mirabel, desde lejos, el espeso averío que rodeaba la vasija, entre cacareos jubilosos y picotazos de envidia.

Dio un paso tímido, indeciso, otro largo, temerario. Se arrepintió. Tendió el cuello. ¡Quizás no le advirtieran!

Tenía hambre. Y el pobre hidalgo, con la calza izquierda de plumas caída; acribillado el mustio sombrero de su cresta, en otro tiempo airosa, se fue acercando medroso y humilde a los alegres.

Cometió la torpeza de tropezar con una gallina bajita, atrabiliaria. «¡Ay! Usted perdone», pareció decirle el menesteroso. Ella le contestó con acritud y le arrancó y se llevó en su pico un copo del más suave plumón.

Pidió un lugarcito a otra, flaca, gris, descolorida, que le arañó con una pata escamosa.

Al fin, bajo los cálidos corpezuelos de otras hembras, pudo gustar la blanda y regaladora masa pisoteada, de cuando en cuando, por el triunfador. Pero una pava blanca, alta, enjuta, remilgada, que recordaba la figura de un aya inglesa, lo denunció con frialdad aterradora. Y otra vez los pavos lo acometieron con sus picos costrosos de salvado.

El mísero comió solo, servido en una teja forrada de verdín que Sigüenza arrancó del sombrajo.

Y al acabar el crepúsculo, cuando toda la bandada disputábase, entre las paredes de adobes, rama o travesaño para pasar la noche, el labriego acomodó al *hidalgo* en lo más discreto del cobertizo. Pero apenas hubo salido el hombre, moviose tumultuario aleteo; prodújose confusión de quejas, protestas, amenazas, zumbas, risas, gritos..., y el advenedizo apareció, huido, espantado, lastimoso, entreabierto el pico, colgantes las alas, rotas sus plumas más lujosas...

Desde la era, solo, transido, mirando a la noche, clamó al recuerdo de la mujer tuerta y pañosa.

...Y a la entrada del sombrajo se apostaron los pavos, inmóviles, inexorables, siniestros como enlutados hombres y como hombres tenaces en su aborrecer, hasta sacrificar su descanso por dañar a sus hermanos...

- IX -

Sigüenza se prometió muy buena tarde.

El médico le había dicho:

-¿Quiere usted venir conmigo? Iremos a...

-Voy donde usted vaya, donde usted me diga -cuentan que le interrumpió Sigüenza. El otro sostuvo inmutable la palabrería del forastero, y mirándole quietamente reanudó:

-Iremos a Benichembla, lugar cercano. También verá leprosos.

Cabalgaron en sendos machos de piel fina, joyante.

Pasa el camino entre vinares encrespados, baldíos almágrenos, rozagantes acequias y setos de zarzal.

Cuestas livianas o pinas le fuerzan a descender lento o precipitoso por arroyadas y barrancos de grava. En algunos se arrastra el agua panda y lamosa. Tristes, solitarias florecen las adelfas. Chispea el sol en las piedras; cruza un pájaro dejando caer su trino al desolado hondo. Acaba la tarde. La franja de cielo que pasa por encima se blanquea; después, se va apagando. Bullen los coros de las ranas. Salen sombras de los senos y cuevas de grava y se tienden junto a las adelfas... Las adelfas se ennegrecen y quedan solitarias, sin conocer más que un desgarrón de la noche estrellada o de la noche blanca de luna...

Arriba, el camino se entolda con ramas de añosos algarrobos y verdores de almendro.

-¡Benichembla! -dijo el médico, y señaló el tejadillo rojo de un campanario que salía sobre una ensambladura de bancales oscuros, verdicanos y bañados otros de cruda lumbre, caída oblicuamente entre árboles lujuriantes.

Benichembla, fue la única palabra que sonó en el camino entre el médico y Sigüenza.

Iba éste zaguero, fijándose en su acompañante, cuyo cuerpo enjuto blandeábase según el reposado andar de la lustrosa bestia. Una sien del caballero cegaba como reflejo de lámina de plata.

«¿No es insinuante este hombre? -pensaba Sigüenza-. Yo no sé si su silencio, su frialdad, el ensueño de su quieta mirada azul, el blancor de su cabello..., componen una sencilla modalidad fisiológica o si reflejan un sufrimiento devorador que no se vierte nunca en otra alma para mitigarse.

«Vive solo, en un cuarto apaisado del hostal. Entra a casas que huelen a humo, a ropa andrajosa, a miseria. Vuelve a hundirse en la paz de su aposento; y de ella le arrancan labriegos que arriban de lueñes caserías y de otros pueblos del valle, y este hombre, sin que el enojo ni la protesta muden su gesto amargo, camina por senderos interminables, por eriazos abrasantes. Llega a otro lugar; las casas también huelen a humo, a pobreza. Le hablan del padecer del enfermo; luego, la queja es de la miseria que les acaba... Y de nuevo, el camino y campos soledosos...».

-En la primera calle y a la derecha, verá un caso de lepra -dijo a Sigüenza.

Desde el margen de un bancal de esquilmeños frutales nimbados por sol, les vio pasar un hombre en cuyo sombrero refulgía la chapa dorada de los guardas.

Saludoles una moza que majaba esparto cerca de su masía. Volviose a la casa y gritó. A poco, se asomó una vieja.

Lejos, un labriego que cavaba dejó hincado el azadón en la tierra, y pantalleando sus ojos con las manos miroles largamente. Entraron en Benichembla.

La calle, al principio con sol, quedaba pronto en sombra azulosa. Y como en todos los pueblos comarcanos, vio el forastero mujeres junto a los portales, haciendo media, tejiendo lía, peinando a rapazas.

Estaba el leproso sentado en una puerta negra de moscas. Era largo y seco y su lepra un albarazo sutilísimo que iba royéndole la carne.

Pero no podía quejarse; habitaba en paraje céntrico y cruzaba su palabra entre el hablar de los vecinos, como un sano.

Algunos, al pasar cerca de él, trazaban una curva.

Enfrente hacíase un ruedo de viejos; hablaban poco; apenas se movían; fumaban y lo miraban todo, como si todo fuera siempre nuevo para ellos.

Observábalos el leproso con gran curiosidad y reverencia.

La frase calmosa de alguno, dicha entre chupadas tacañas al cigarro, obligábale a tender y adelantar el cuerpo. Y la aspiraba con fruición comparable a la de los serios y solemnes viejos cuando extraían el humo deleitoso.

Sigüenza y el médico dejaron las caballerías en una casa donde hombres y mujeres hacían cañizos para los secaderos de uvas.

-Vamos al ribazo -dijo uno de los lugareños que estaban en el zaguán.

Al ribazo habían de ir ganosa o forzadamente cuantos pasaban por el pueblo.

Llegábase entre ruinas de casas. De los montones de cascote y piedra salían vigas rotas, negras, podridas. Una higuera decrépita sacaba por los escombros una mano seca y gris. Ropas humildes recién lavadas pendían del ramaje.

La rambla presentábase de improviso honda y atemorizante; caía el ribazo en escarpe grietoso.

En invierno avanzaban las aguas socavándolo. Y los *trogloditas* de la escombra y los que habitaban en las casas cercanas al río, no dormían las noches de lluvia.

La hermosa lluvia, que desciende fecundante como el oro de Zeus, traía para ellos angustias y amenazas.

«¡Que no bastaba hambre y trabajo!».

«También el temer, el no sosegar nunca?».

Y los ojos secos, incisivos de los lugareños traspasaban los del forastero, ansioso por salir de aquel lugar y conmovido de turbación y vergüenza por no ser miserable y amenazado de peligro.

«Il y a une espèce de honte d'être heureux à la vue de certaines misères» -ha dicho La Bruyère.

-Mire, mire la iglesia.

La iglesia tiene el hastial y algunos trozos de muro enyesados de rojo. Una albañilería modesta ha simulado con rayas de palustre ringlas vacilantes de ladrillos.

-Todo eso lo pagaba el pueblo, y no lo acaba porque ya se ve dónde queda el río: a dos pasos. La iglesia caerá.

Entonces un viejo alto y descalzo, de mirada ascética, levantó su brazo leñoso, y clamó trágica y ominosamente:

-¡Caer, caerá todo! ¡Y ha de venir día que no quedará piedra en Benichembla!

-¡Quéjense, grítenlo! -murmuró candorosamente Sigüenza.

Algunos rieron, pero con pesar. Se miraban; movían las cabezas; cruzaban los brazos sobre el pecho.

-¡Si nos hemos quejado! Pero de Madrid dicen que no hay dinero para *más* obras.

Una mujer bizca, andrajosa, saliose del grupo voceando:

-¡Todos gandules! ¡Todos ladrones! ¡Que vengan, que pasen aquí una noche de tormenta!... ¡Que vengan y se dejen las señoronas!...

-Mire, no haga caso... es que ella es así... *a lo* escandalosa... -intercedió con Sigüenza una vecina arrugada, que hacía risita de trotaconventos.

-¡Pero, si no es por él, tía! -rugió un mozo.

-¡Claro que no, si yo ni siquiera vivo en Madrid!

-¿Al *señor* quién le *dise* nada? -añadió el fatídico.

Y la bizca, desde lejos, continuaba aullando:

-¡Todos gandules, todos ladrones!

El médico había entrado en una casa pequeña.

Sigüenza esperábalo en la calle, que era estrecha, húmeda, agobiosa.

No había nadie.

Las paredes rezuman verdín. Por los tejados se asoma la torre de la iglesia. Un pájaro negro volaba rodeándola calmosamente.

Bajaban, de rato en rato, estridores de hierro oxidado, sonidos lamentosos que arranca un alambre, una cuerda, al ludir con alguna campana...

¿No sentís piedad por los que allí viven oñendo el chillido de un pájaro negro anidado en la torre, ruidos de hierros viejos trabados a maderas podridas, quejumbres de campanas que duermen? Sí, se siente piedad angustiosa...

¡Si nosotros viviésemos en esta callecita tan húmeda como un patio hondo! -decimos. Y luego nos entristecemos y nos oprime recio temor.

¡No, no; nosotros no podríamos vivir allí!... ¡Oh, esos pobres que pueden vivir allí, Señor!

Y decimos *¡esos pobres!* fuertemente... Lo oímos como si otro lo pronunciase a nuestro lado. ¿Quién lo habrá dicho? ¿Nosotros? ¡Si nosotros sólo pensamos que moriríamos de tristeza en esa callecita húmeda, agobiosa, con fachadas terreras a los extremos que ocultan los campos!

...Penetró, envolviendo la calle, olor intenso a leña quemada.

Sigüenza lo aspiró gustoso. Es un olor honrado, sencillo que le regala y suaviza el alma, que le deja en ella deseos de bien, amor a todos. Y es olor que le hace imaginar siempre: un campo abierto; chopos altos, muy verdes, orillando ancha acequia de aguas limpias y bullidoras. Frontera hay una casa grande y morena; después, el horno blanco, rechoncho, y cerca se hacinan gavillas de sarmiento. Dos mozas, casi igualicas, faenan en la lumbre, cuidan de la hornada. La madre es fuerte, grande, tostada como las paredes de la casa, y las cortezas del pan. Entra y sale, y ya tiende ropa en la rasa era, ya friega cazuelas y barreños en la acequia. Humo blanco brota del horno y de una chimenea encalada y sube y niebla los chopos, y se aleja sobre sembrados verdes y llanos, donde trabaja el padre de las mozas y el hijo mayor. Un muchacho apacienta una cordera, que mira hacia el casal y bala suplicante. El cielo sedeño, luminoso, sonríe al campo, y allá, sobre los montes lejanos, sobre los bellos montes azules, nubes albas, resplandecientes, imitan espumas, fingen glorias de diosas, de corceles, de monstruos, de ángeles, con las blancas alas tendidas.

...Y este paisaje huele a leña de sarmiento quemada.

Así de simple, imagina Sigüenza cuando percibe ese olor.

Salió el médico. Anduvieron poco, porque entro en otra casa de la misma calle.

Una procesión de hormigas ondulaba por el suelo jironado de hierba corta, tiernecita y espesa como terciopelo.

En el arroyo hervía más aquel senderito vivo y formaba un nudo negro.

Hormigas cabezudas, charoladas, espaciosas; hormigas menudas, traviesas y rojizas, empujaban el cuerpo seco de un escarabajo muerto.

Y Sigüenza seguía con los ojos este penoso arrastre cuando advirtió a un hombre asomado medrosamente a un portal, y que le miraba con ahínco.

Sigüenza le miró con fijeza inconsciente. Tenía este hombre la cabeza grande, rasa y bermeja, con azules cambiantes de lustre de pez.

El forastero le miraba, le miraba..., y el otro se hundió en el zaguán.

Entonces, de modo repentino, se avergonzó, se apesadumbró Sigüenza, porque aquel hombre... era leproso, era leproso, ¿cómo no lo comprendió antes?

El médico, al salir, se lo confirmó.

Se alejaron. Abandonaban la calleja, musgosa y solitaria.

Muy baja y rápida, pasó una golondrina.

Un grito lastimero bajaba de la torre.

Miró Sigüenza hacia atrás; la enorme cabeza del lazarino se asomaba temerosa, inmóvil y acechadora.

Dejaron Benichembla cuando el sol se hundía. Nubes de grana, de oro y cárdenas, reuníanse en el ocaso y figuraban una gruta de magia, con estalactitas de fuego.

Estaban solos en la tarde tranquila. Y pasaron arrobadas y barrancos pedregosos, donde se arrastran aguas verdes entre los adelfales, que parecen esconder vírgenes encantadas, suspirantes de tedio, llenas de amargura, como nutridas del zumo de su arbusto.

Asomó un rebaño.

Sonaba bronco el cencerro del morueco. Alguna vez sobresalía la risa de una esquila.

Quedaron de nuevo solos los dos hombres en la tarde que moría suave y melancólica.

Un algarrobo, de abierto, de acuchillado tronco, anticipaba la noche bajo el encaje negro de su fronda misteriosa. De la desenterrada raigambre crecían renuevos valientes y lozanos.

En el camino copleó un mozo. Cruzó; se alejo golpeando con fino escamujo la verde orla de las acequias.

Mirole el médico, y dijo:

-Aquí, un padre asesinó a su hijo, mozo como aquél; pasaba cantando; el padre le celaba subido a este algarrobo. Dejole caer una piedra, el hijo levantó la cabeza y recibió el tiro en los ojos.

Sigüenza contempló de nuevo el árbol ya negro y siniestro.

El médico murmuró:

-Dicen unos que el padre apetecía la novia del chico; otros afirman que mediaba el dinero.

Distante, distante rojeaban las llamas retorcidas y bulliciosas de una rastrojera que ardía.

Estaban junto a una majada en ruinas; dentro negreaban espesuras de matas; cardos y ortigas salían entre las piedras. Volaba un murciélago: tembloroso, rápido, parecía equivocarse siempre en su vuelo.

Allí descansaron Sigüenza y el médico.

Este habló del vivir de una leprosa.

«...Era en tarde de Pascua. Iban todos a la fuente y al ejido, donde se hacían juegos y danzas. De las más garridas doncellas, reunidas por la fiesta, fue una jovencita que la llevaban sus padres. Mirábanla éstos, mirábanla placenteros. Ella estrenaba vestido y delantal con randas. Y estaba la hija apuesta.

Después se miraban, y a socapa decíanse que aquello empezado a sufrir por la moza no era el *mal*. ¡Qué había de ser el *mal*!

Que viera, que viera todo el pueblo ahora si no estaba la hija hermosa.

¡El mal! ¡Si a julio cumplió los dieciocho!... Ellos sí envejecieron en los meses eternos y horribles de las sospechas... ¡Ellos sí que enfermaron, ellos! Pero la hija estaba sana y limpia... ¡Cómo podía ser el *mal*!

Y la veían ufanarse de su vestido nuevo y delantal randado.

Al primer ruedo de bailadoras que se acercó no pudo asirse. «Estaban ya *todas*... Que fuese al de enfrente, que Labia menos...».

Sí, había menos, pero ya se bastaban.

Replicó, instó. Y una del corro, enjuta, alta, carcomida de viruela, hízole tal visaje, que ella se apartó. Las otras se distrajeron y no notaron nada.

Llegose a un grupo, donde discreteaban con juegos de donaire y agudezas. La miraron, pero sin hablarla. Ella sintiose medrosa, desconocida, nueva, siendo amiga de todas.

...*Él*, su galán, pasó sin verla, chanceando con otras mujeres.

Lloró de pena y de ira. Buscó a sus padres.

¿Qué tenía? ¡Que hablara, que hablara! ¡Qué llorar aquél, Señor!

Dentro del pecho de la hija sonaba algo como un llanto muy débil, unos quejidos, unos quejidos... ¿Sería el corazón que lloraba fuerte?... ¡Oh, que hablara! ¡Señor, que hablara!

Y habló. Ellos se espantaron; la madre rugió.

-¡Mujer, mujer! ¡Qué podemos! -sollozó el viejo.

Y un calificado vecino se les acercó y les dijo descubiertamente «que era lepra y muy lepra *lo* de la chica. ¿Que no lo sabían? Empezaba entonces... pero ya la tenía... ¡*Ei*, conformidad!

Se fueron de la fiesta. Su casa era pequeña; tenía una ventana diminuta cruzada con travesaños grises. Enfrente, por unas bardas erizadas de pedazos de vidrios, salían las verdes y pomposas ramas de un moral.

La calle era estrecha, retorcida y herbosa...

En el cuarto de la ventana vivió la doncellita quince años más, sola, siempre sola.

...Del cuartico a la fosa; nadie entró a verla. Ella, al morir, lo pidió.

«¡Madre, que me tape, que me tape bien!... ¡Que *él* no me vea!».

«¡Pero si *él* se había casado y era dichoso!».

La rastrojera humeaba blanca y espesamente.

Ya marcharon en silencio el médico y Sigüenza.

Cerca de Parcent, rapaces jubilosos y gritadores saltaban una hoguera alta y crepitante... Del haz de fuego y del humo que subía retorciéndose brotaba desgranado el oro de las chispas.

- X -

Estaba Sigüenza a la ventana de su desván-alcoba.

En la calle, el guía acomodaba aquel asno de paso prudentísimo, de orejas grises, remedadoras de hojas de pitas.

Pronto Sigüenza dejaría Parcent. El médico entró.

Este hombre callado, pesaroso, y el viajero, habían hablado parcamente durante la estada del último en el pueblo. Pero sus almas se acompañaron, y ahora, al separarse, dolíase Sigüenza de la soledad que amenazaba a su amigo. ¿Era éste un singular temperamento humilde, desconfiado, triste, o un corazón colmado de aflicciones adorables, sagradas, que no se atrevía a declarar?

Marchábase Sigüenza, sin saber un momento de aquella vida recatada siempre con nieblas tranquilas.

Descendieron al vestíbulo.

La mesonera, la moza y la abuela del niño que padeciera hambre les rodearon.

El huésped, echado sobre una jamba del portal, reía sosegadamente.

¡Oh, la mañana es dorada y azul; desde allí se alcanza un trozo de verdes campos! Es día para amarse. El huésped habrá gozado de copioso almuerzo; tal vez de su mujer, limpia, apetitosa como fruto primerizo.

Son *solos*, los dos para los dos. Gozarse y vivir...

Y el forastero se le acercó diciéndole:

-¡Qué bien ríe usted, qué bien!

El otro, parpadeando picarescamente, exclamó:

-¿Y a que no sabe, a que no sabe de qué me río?

Sí que lo adivinaba Sigüenza. Y a la llana comienza el comento de la influencia del día sereno, azul, regocijante; de la mujer moza, del vientre satisfecho. Pero el huésped embazó su decir y, apartándose con él, solemne y enigmático, hablole de un hombre que estaba fuera, mezcla de campesino y lugareño. La cara teníala arada y morena, pero sus blancas patillas señoriles autorizábanle en aquella tierra de rasurados; las toscas alpargatas menoscababan su ecuestre porte; mas un bastón fino, liso, acaramelado, de puño de hueso y alta contera metálica, asido con suavidad, le restituía parte de su distinción perdida.

-Mírelo, mírelo.

Ya lo hacía Sigüenza cabalmente sin comprender palabra.

-Es hombre de riñón cubierto, con dinero, más que ninguno -explicaba el otro-, y quiso ser el jefe de los conservadores, de nosotros. ¡Cómo había de serlo! ¿Verdad?

Sigüenza dijo que ¡claro!

-¡Cómo había de serlo, si nosotros tenemos al que tenemos de siempre! Se fue con los liberales y lo nombraron jefe. Y mandón y todo, bien rabia cuando viene alguien al lugar y va con nosotros, sea por lo que sea. Ahora está ahí, y se despulsa porque usted le salude y se pare a hablarle para darnos después que sentir..., y usted ni le ha *mirao* tan siquiera. Yo lo he visto, y yo sé cómo estará por dentro... ¡Pues no me he de reír!

Y el huésped se golpeaba gozoso los muslos.

He aquí -pensó Sigüenza, contemplándole- hombre que puede, que debe amar y nada más que amar a sus hermanos, a los brutos, a las cosas, a todo, a todo... Y ved, que cría y anida odios bellacos.

Prontamente encontró sencillo que tal aconteciera.

Mujer y vientre, mujer y vientre. ¡Cómo sentir otro amor que no fuera el propio grosero, el de su vientre, y a su hembra!

«El amor -ha escrito Kant-, como inclinación, no se ordena; pero amar por deber, aun cuando no nos induzca a ello ninguna inclinación o aunque nos aleje del objeto una repugnancia natural e insuperable, es un amor *práctico* y no un *amor patológico*, un amor que reside en la voluntad y no en la inclinación de la sensibilidad, en los principios que deben dirigir la conducta y no en una tierna simpatía; y este amor es el único que puede ordenarse».

Mas, ¿iba a curarse el huésped de querer *artificialmente*, ya que de modo natural no podía?

Un pensamiento trivial, pueril, invadió a Sigüenza, deslizándose entre la metafísica del filósofo de Koenigsberg. ¿Le hablaría o no al lugareño de patillas blancas, de alpargatas rudas y bastón cogido delicadamente?

Si el mesonero había dicho verdad, de Sigüenza dependía la ventura de aquel cuitado corazón.

Maravillas del destino: ¡Sigüenza inquietar a un cacique!

«Me acercaré. Pero, y el otro, ¿no sufriría las espinas y acometidas de los más bravíos celos?».

Y Sigüenza, que, como llevo apuntado en estas páginas, se apoca fácilmente, cabalgó para libertarse, huyendo de tamaña duda.

Despidiose. Vocearon en el hostal.

...Ya pasaba junto al jefe de los liberales. ¿Le saludaría, Señor, le saludaría?

Fuera ilusión de Sigüenza, efecto de la suave luz de la mañana o amargura verdadera y honda, aquel hombre ostentaba un noble gesto de atribulado.

Gritó el huésped otro adiós.

...Bajaban por calles solitarias, llenas de sol. En la última cimbreábase la leprosa flaca, larga, retorcida.

En la tienda de harina hablaban mujeres, bullían chicuelos, golpeaba un martillo. Desde fuera veíase la cabeza estirada y cetrina del tendero caída sobre la mesita zapateril.

...Otra vez silencio; casas cerradas, tapias rojizas y... el paisaje bañado de oro, el paisaje opulento, rumoroso, bello, entristecido, como alma a quien no se comprende...

...Quedaba atrás el cobrizo montón del pueblo. Allí, los que padecen el mal espantable y ven la vida de los sanos sin saber de sus deleites y se abajan y huyen como envilecidos... Solos, solos. Sus almas están solas.

Así pensaba Sigüenza gustando como un melancólico contento, porque él hablara con los míseros y sintiera hondas lástimas. Pero mirose a sí mismo justamente. ¿Por qué fue él a esos pueblos levantinos? Amor no le llevó, sino la sed de ver.

Entonces contempló la campiña muda, reposada, y como si le trajese la visión de toda la tierra, se dijo bruscamente: «Falta amor, falta amor... Los hombres no se alivian, no se amparan... Un día cálido y jocundo; el júbilo por la salud y el goce de la carne; la unción de ternura que la belleza nos regala; momentos deleitosos del espíritu hacen amar inmensamente de natural manera. Amor, entonces, place, conmueve, regocija..., pero luego se apaga, se torna en la acritud y sequedad de un deber.

Amor es amar solamente por amor; et este amor nunca se pierde nin mengua... más dígovos: que este amor yo nunca lo vi fasta hoy». Ha dicho el infante don Juan Manuel, señor de Escalona (*De las maneras del amor*).

«...Y si este mandamiento (el del Amor) -declara la Santa de Ávila- se guardase en el mundo, como se ha de guardar, creo a todos los otros sería gran ayuda de guardarse; mas u más u menos nunca acabamos de guardarle con perfección» (*Camino de Perfección*, VI).

Salía al camino de un bancal labrado una olivera añosa y desgarrada; y las mitades de sus troncos con sendas frondas remedaban dos viejos luchadores, acometiéndose ferozmente, dadas al viento sus cabelleras blancas, intonsas.

El viajero miró de nuevo el pueblo.

A un extremo, apartado, alzábase el casal donde bebiera agua iría de pozo y descansara en la tarde apacible que riñeron el gallo-hidalgo y el gallo-gran señor, de cresta femenina.

La era centelleaba cubierta de paja. Rodaba, trillándola, una bestia. Alas lejos movíanse dos manchas negras y alargadas. Hacíanlas los pavos, los pavos que odiaban y perseguían como los hombres.

El guía aplastó sañudo con su enorme pie un espeso hormiguero.

-¡Ladronas! -dijo.

Rasó la mejilla de Sigüenza una furiosa moscarda que le dejó en el oído el *bordonazo* de su zumbar.

Sonaba la fuente. El agua era de luz. Abejitas la probaban y entrábanse por la verde felpa de la hierba nacida en la pila.

«Esos seres, modelos de sociables, también se acaban, se aniquilan en guerras estupendas...».

¡Falta amor; en todo falta amor!

Nosotros démonos nuestro alivio, aunque amor no invada y enternezca nuestra alma. No aguardemos a que ese *patológica* y universal amor nos lleve a hacer el bien. Acaso no lo sintamos nunca.

El paisaje ha respirado la fragancia de sus entrañas generosas. Está quieto bajo la inundación de oro.

Entre el limpio follaje de los árboles aparece la seda lujosa del cielo.

Una alondra ha cantado su quejumbre en la lluvia de sol.

...Sigüenza besa el ambiente para besar la bella mañana campesina...

Julio, 1902.

Lector: esto que sigue ahora no es epílogo ni apéndice ni nada. Aquí lo escribo porque son cosas que supe cuando ya estaban escritas las anteriores páginas. Nómbralo o titúlalo como te plazca, que no hallo razón para encabezarlo con letra alguna.

Un año después de aquellos días estivales que Sigüenza pasara en Parcent, ya terminando agosto del *903*, a nuestro conocido viandante, sin saber cómo, se le presenta coyuntura de tornar a la región leprosa. Sigüenza tiende cariñosamente su mirada por el paisaje trazado en este libro. Mas Sigüenza no siente predisposición de hablar de la lujuria de aquellos viñedos, de la suavidad y gracia de sus colinas, del reposo y soledad de los caseríos. Y no es porque vea lo mismo que ya vio: el paisaje no se repite nunca a los ojos.

En Ondara, Sigüenza se hospeda en acomodada casa; el edificio es flamante, pintado todo; su menaje muy curioso, reluciente, distribuido con inflexible simetría, abunda en frescas mecedoras y orondos sillones de curada espadaña; pero el comedor es chiquitín, angustioso. Una casa grande, nueva, ¿por qué ha de tener este comedor pequeño? Sigüenza carece de tenacidad para seguir la misma idea o imaginación largo tiempo; se contenta con la corteza y forma de las cosas; pero como se halla en el exiguo aposento y la noche es seca, calmosa y ardiente, le acompaña, soliviantándole, una obsesión menuda: la de la pequeñez del comedor. Por fortuna, le divierte la entrada del alcalde, del notario de Ondara y del jefe político o cacique, sujeto acreditado de poderío y vasta hacienda.

El notario no es rechoncho, no va rapado, tampoco lleva gruesos anteojos, bigote gris de cepillo, ni viste ropas negras anticuadas con orilla de seda en el pantalón, mangas y solapas. Este notario rompe la tradición de la figura del *escriba* lugareño. Es mozo, casi melenudo, pálido, y su traje tiene bizarro corte de ciudad. Es lástima que así sea.

Estos señores han sabido que Sigüenza visitó Parcent, no porque el forastero baya escrito el más leve artículo ni porque luzca personalidad; sábenlo, sencillamente, porque lo ha dicho el dueño de la casa.

-Pues estamos ahora en toda la comarca tratando una cuestión importantísima con referencia a la lepra -explica el jefe.

-Sí, señor, sí -afirma rotundo el que aloja a Sigüenza.

Y el cacique prosigue:

-De si se debe o no levantar el lazareto o sanatorio ahí en Laguart. ¿A usted le parece que eso puede tener efecto?

-¡Claro es que puede tenerlo! -exclama Sigüenza.

Pero el notario añade:

-Pues no debe ser; no debe tolerarse.

-No, señor, no -niega conciso el amo de la casa.

El alcalde no dice nada. Generalmente, los alcaldes dicen todos lo mismo.

Sigüenza no se atreve a pensar si ese silencio es majestuoso, si entraña hondura filosófica.

-Nosotros hemos ido a Valencia, y nuestro médico ha discutido allí con todo el mundo y no cejaremos un punto. Yo le aseguro que no cejaremos. Nuestros enemigos han de verse negros para emplazar el sanatorio. Se lo aseguro.

Y la energía, la fiereza atropella al arrentado cacique; le encrespa la palabra.

-¿Usted se ha fijado en estas huertas, en los naranjos y viñas, tan cuidado y hermoso todo... en tantos rius-raus?...

El interesante notario interrumpe:

-Pues puede darlo por perdido, si hacen el hospital donde quieren...

-¡Oh, sí, señor, sí! -ratifica el que todos sabemos, diciendo lo mismo que el alcalde. El cual prosigue silencioso.

¿Habrá leído a Maeterlinck? No, no lo ha leído; y esta pregunta es poco seria, casi indigna de Sigüenza.

-¿No comprende -reanuda el jefe- que todo el país sería ya centro leproso? Aquí acudirían enfermos de todas partes. Las aguas que nacen, que vienen todas, se puede decir, de Laguart, llevarían un peligro, una amenaza constante para la comarca. La noticia se derramaría en el extranjero, alarmaría a los ingleses, y ¡adiós nuestras cosechas de pasas y naranja! ¡El pan de todos, la riqueza de este marquesado! ¡Como no nos las comiéramos nosotros!

-Eso, sí, señor -dice riendo el lacónico, y mira al alcalde, que ha sonreído correctamente.

-Vamos a ver -continúa el jefe-. ¿No es preferible buscar un sitio solitario, de poco cultivo, para que el perjuicio fuera menor? En él bien podían levantar un hospital y cien si quisieran. Nosotros no evadimos la parte que nos corresponda pagar. Seríamos los primeros en contribuir. O si no, otra cosa: que no hagan ninguno; cada pueblo, que cuide de sus enfermos, de sus leprosos. Aun esto es mejor, porque pueden hallarse más atendidos..., ¿no le parece?

Sigüenza queda convencido. Aquel hombre habla como higienista, como filántropo, como repúblico. Tiene razón sobrada.

Después, los visitantes se marchan. Irán a la farmacia, al casino, a otra casa donde el cacique disertará igualmente, repitiendo con fuego su oración; y mañana volverá a recitarla, y pasado; siempre lo mismo, sin cansancio. La visión pavorosa de montañas de naranjas y pasas pudriéndose en silos y almacenes no le deja. ¡La pobre riqueza de todo el marquesado!

...La rambla está seca, blanca y muda. Acabada la puente, tan gallarda, tan flamante, no faenan braceros; dejaron de quejumbrar en la hondonada los ejes de carretas, de golpear los picos, de coplear los muchachos que acercan piedra, cemento, y amasan en las lechadas de humeante cal. La puente está hecha; el camino, liso, nuevecito, se desliza por la roja tierra. Todo está callado; el sol lo envuelve, y la piedra nueva chispea y brillan las cristalizaciones del yeso.

¡Cómo apesadumbra la transformación en los lugares que se vieron mucho y amaron! Esto impresiona tristemente como el hallar de nuevo a quien se quiere, entre gente advenediza y extraña que detiene nuestra palabra y nuestros ojos.

...Las viejas oliveras siguen agarradas a la cobriza basa de Parcent. Fluye la fuente con suave rumor que adormece. En la pila musgosa, el agua borbotea, tiembla, ondula, haciendo facetas cegadoras de lumbre.

Bajo, se copia el sol en un aguazal limpio. Posa serenamente en su orilla un gentil *caballito del diablo*, ataviado de rojo, firmes e irisadoras sus alitas de tul. Sus ojazos, repletos de malicias, descubren a un muchacho que, retraído en la fuente, le cela quietísimo y fragua cogerle.

Atraviesa Sigüenza la calzada, y el elegante insecto brilla en el azul y se pierde.

El muchacho mira con rabia al viajero; pero no le arroja injuria, ni pella de barro, ni fruta de higuera que cerca, entre espeso pámpano, se parece, muy turgente, halagando con la promesa de sus ricas mieles cuando la sazón le ponga blancas pinceladas.

Dios, sólo Dios, conoce el generoso sacrificio del chico.

...En el vestíbulo del hostal, el médico joven y canoso oye atento a un señor de ojitos dorados y movedizos, de encendidos pómulos y barba negra y aguda. Los posaderos, de pie, escuchan callados, como don Ramón.

-¡Sigüenza! ¡Señor de *Sigüensa*! -alborotan.

Pronto las gaseosas de botica hierven en los recios vasos. Y todos refrigeran.

-*Aquí*, don Hermenegildo -dice el huésped indicando a este nuevo personaje-, nos estaba hablando de lo del hospital.

-¡Pero en la comarca únicamente se habla de este asunto!

-¡Y qué remedio! -replica don Hermenegildo-. ¿Que usted cree que puede quedar como está?

-Según.

-¡Cómo según! El hospital se hará por encima de todo. ¿Vamos a plegarnos de brazos tranquilamente ante la desgracia? Se hará; yo lo garantizo.

Y nervioso, con mirada de iluminado, de apóstol, pinta el emplazamiento del edificio; el camino, ancho y cómodo, está acabado; aguas delgadas y dulces regocijan y lozanean el paisaje, dejándole su música traviesa y la frescura fecunda.

Allí, los leprosos vivirán acompañándose, juntos, asociados, aunque compadeciéndose esto con la separación escrupulosa, regular, higiénica; cuidarán, por recreo, de hortalizas y flores; plantarán viveros de álamos y olmos para después hacer deliciosas alamedas; en fui: trabajarán descansadamente; su vivir ya no será receloso y de huida...

Y como Sigüenza quiere simpatizar con este esforzado varón, se apresura a explicarle que si él ha dicho antes «según», fue por lo que oyera en un pueblo vecino. No era nada cruel y contrario a sus levantados deseos, lo de trasladar la Leprosería a paraje más raso, solitario e inculto para que el daño material no fuera tanto. Y más sabio y hasta más humanitario considera aquello de atender cada pueblo a sus enfermos.

Don Hermenegildo queda perplejo, cortado, parpadeante.

Luego, con voz sumisa, expone: que parcialmente no se conseguiría extirpar el mal; es preciso la unión, la suma de esfuerzos y elementos. El cuidado particular podría aminorar los casos de lepra, pero ésta quedaría endémica.

-¿Y dónde, dónde ha oído usted esto? ¿Se puede saber?

-¡Oh! Sí; en Ondara.

Don Hermenegildo sonríe, en silencio; por último, serio y altivo, dice:

-En Ondara no tienen ahora ni un caso de lepra.

Una plática larga y sugestiva hace don Hermenegildo del temperamento y de las costumbres de los leprosos. Conoce, como nadie, las llagas y contracciones de su carne y el dolor de sus almas.

El señor don Hermenegildo Poquet no es figura de artificio, colocada aquí por antojo; no lo finjo. Existe en Parcent; hijo de un antiguo médico del lugar, que trató cariñosamente a los afligidos de lepra, aprendió de este hombre generoso a serlo, a despreciar los peligros del fiero mal pegadizo, a penetrar en esas vidas miserables. Los leprosos, que al enfermar parecen adquirir también recelos y vergüenzas de infamados, sólo con el señor Poquet hablan y se muestran confiadamente. Reciben su visita y depositan en él sus ansias y quejas. Son santas confesiones. Y cuando la lepra les acaba, en su agonía le llaman. Y don Hermenegildo y el sacerdote, o don Hermenegildo y los hermanos de mal del moribundo le ayudan, le acompañan y consuelan, diciéndole de un vivir eterno en la sociedad de almas amorosas; allí, todo resplandece de hermosura; y los que sufrieron males asquerosos que espantaron, son llenos de gloria y majestad; los ángeles les dedican alabanzas, los santos les besan admirándoles, y el Señor les prefiere...

Entonces, la mirada del que expira pasa fugaz por la de los leprosos que le rodean, húmeda y piadosa, porque no mueren; y luego sube, queda en alto, dichosa, al fin. Y en este momento se estremece el mísero y coincide con el sabio, invocando a la muerte:

«¡Oh, muerte... tú eres el único rayo de esperanza que nos alumbra en la vida! ¡Libertadora y salvadora nuestra, ven y rompe, de una vez para siempre, para siempre, los hierros de mi espíritu!» (P. Mariana).

El señor Poquet muestra a Sigüenza un libro lujoso donde se historia la lepra regional; cómo apareció en Parcent y va brotando; cuántos y quiénes la padecieron y tienen; sus retratos; entre éstos el de un párroco del pueblo, varón excelso y abnegado y heroico que contagiose entregándose a los enfermos, dando alivio a la desolación de sus espíritus; el de Severo; el de Batiste... Sigüenza les reconoce, aunque los lazarinos visten ropas domingueras, las cuales parécenle estrechas, menguadas; acaso porque son las mismas que lucieron cuando estaban sanos, limpios y alegres y galanteaban en la plaza y junto a las fenestras de las mozas... Y ahora están hinchados...

Se duele el viajero de que cuando estuvo en Parcent, hace un año, no pudiera lograr un acompañante tan precioso y útil como don Hermenegildo.

Aquellas rápidas visitas con los dañados hubieran sido entretenidas. En vez de atisbos y leves impresiones de sus aliñas, hubiera alcanzado cumplida noticia de su vivir.

-Yo he de dejarles muy pronto; quizás antes de una hora. Pero si usted quiere -solicita del señor Poquet- podríamos ver a esa leprosa joven, que canta tan bella y amargamente; esa que habita en una masía, en las afueras.

-Ya no puede cantar -replica don Hermenegildo-. Es un caso de *leonitis*; su cabeza es de monstruo, de león horrendo; además, no se dejaría ver; hasta de mí se oculta; la única que hace eso.

Y despúes añade:

-Aprovecharemos este tiempo que nos concede, viendo a otro, a Batiste.

Y seguidamente pide al hostelero que avise al lazarino la visita de ellos.

Luego, Poquet y Sigüenza salen; y llegan ante la vieja puertecita de la manida del inmundo. Pasan a un zaguán estrecho y hondo como un corredor.

En las tinieblas se mueve vacilante un bulto.

-Sal más, Batiste; sal aquí, a la luz. Enséñanos el pie y la pierna que prefieras, ¿quieres?

La voz sibilante contesta muy opaca:

-Da igual. ¡Los dos están buenos! -Debe haber sonreído.

Avanza Batiste, y Sigüenza se pega al muro húmedo que se desconcha y cae el yeso, fino como harina, apenas un dedo lo huella levemente.

Batiste se afana, se retuerce, para que su ropa y su carroña no toquen a Sigüenza. La idea del peligro atemoriza, de pronto, al viajero. Entonces se comprende todo lo grandioso y extraordinario que es el ánimo de don Hermenegildo. Y, momentáneamente, Sigüenza desconfía, acometido de un pensamiento ruin:

¿Este señor Poquet será también leproso y por eso, libre ya de la amenaza del contagio, hace lo que hace? No, Poquet está sano.

Y el forastero se avergüenza y se arrepiente de su mezquindad.

Los pies de Batiste están horadados por úlceras secas. Se le ve más hueso que carne. Sus piernas costrosas se descarnan como astilladas por golpes de hacha basta, de filo mellado y roto. Hay en los muladares miembros de brutos a medio devorar con menos horridez que los de Batiste.

-¿Siente usted los dolores muy fuertes, muy fuertes?

-Eso antes. A lo primero del mal se sufre más que ahora. También se me pusieron las llagas en las ancas, y no podía sentarme ni acostarme; pasaba los meses, de día y de noche, contra una pared.

Sigüenza anhela salir a la calle; bañarse de luz y orearse; no quiere, no puede mirar más a Batiste; le fatiga su miseria, le enferma, le espanta.

Batiste vuelve a sus tinieblas. Él no puede fatigarse.

Entran en una casa muy limpia. Es de una leprosa; mujer de treinta años; alta, gruesa; padece gafedad.

Don Hermenegildo le habla en valenciano; y ella se desata y quita los vendajes de las manos. Sus pobres manos son cuadradas; apenas le quedan dedos.

Es bella la mirada de sus ojos oblicuos, estirados por el mal. Lenta, torpe, penosa de habla, como si sus mandíbulas se le encajasen, cuenta que olla es la única de siete hermanos que fueron. Todos murieron leprosos. Es sola en el mundo.

-¡Sola! ¿Que yo no soy nadie? -dice el señor Poquet con humanidad y tristeza.

-¡Don Hermenegildo!

Y la leprosa vuelve la espalda, porque está llorando.

Regresan a la posada. Y cuando el viajero comienza a estrechar la diestra de sus amigos, entra sonriente, iniciando descubrirse, el señor vicario. Es muy joven, enjuto, descolorido; se muestran crecidas y azuladas las pinchitas de su barba y labio.

-Vengo, doctor, a darle muy felices vísperas. ¿No son mañana sus días?

Y enjuga su frente y su cuello con un vasto pañuelo listado de verde y morado.

El médico ensancha sus ojos zarcos, y modestamente manifiesta no acordarse del santo de su nombre.

1903.